A PEQUENA
FADETTE

Título original: *La Petite Fadette*
copyright © Editora Lafonte Ltda. 2022

Nenhuma parte deste livro pode ser reproduzida por quaisquer meios existentes sem autorização por escrito dos editores.

Direção Editorial *Ethel Santaella*

Tradução *Ciro Mioranza*
Preparação de texto *Vera Siqueira*
Textos capa *Dida Bessana*
Revisão capas *Rita del Monaco*
Capa, Projeto Gráfico e Diagramação *Jéssica Diniz*
Imagem capa *Mariia aiiraM / Shutterstock*

Dados Internacionais de Catalogação na Publicação (CIP)
(Câmara Brasileira do Livro, SP, Brasil)

```
Sand, George, 1804-1876
   A pequena Fadette / George Sand ; tradução Ciro
Mioranza. -- São Paulo : Lafonte, 2022.

   Título original: La petit Fadette
   ISBN 978-65-5870-251-1

   1. Ficção francesa I. Título.

22-103970                                     CDD-843
```

Índices para catálogo sistemático:

1. Ficção : Literatura francesa   843

Cibele Maria Dias - Bibliotecária - CRB-8/9427

Editora Lafonte
Av. Profª Ida Kolb, 551, Casa Verde, CEP 02518-000, São Paulo-SP, Brasil - Tel.: (+55) 11 3855-2100
Atendimento ao leitor (+55) 11 3855- 2216 / 11 3855 - 2213 - atendimento@editoralafonte.com.br
Venda de livros avulsos (+55) 11 3855- 2216 - vendas@editoralafonte.com.br
Venda de livros no atacado (+55) 11 3855-2275 - atacado@escala.com.br

A PEQUENA FADETTE

George Sand

Tradução
Ciro Mioranza

Lafonte

2022

NOTA

✦

Foi depois dos nefastos dias de junho de 1848[(1)] que, perturbado e desolado até o fundo da alma pelas tempestades externas, eu me esforçava para encontrar na solidão, se não a calma, pelo menos a fé. Se me julgasse filósofo, poderia acreditar ou afirmar que a fé nas ideias leva à tranquilidade do espírito diante dos fatos desastrosos da história contemporânea; mas comigo não é assim e, humildemente, admito que a certeza de um providencial futuro não poderia fechar o acesso, numa alma de artista, à dor de passar por um presente obscurecido e dilacerado pela guerra civil.

Para os homens de ação, que se ocupam pessoalmente do fato político, há, em qualquer partido, em qualquer situação, uma febre de esperança ou de angústia, uma raiva ou uma alegria, o inebriante enlevo pelo triunfo ou a indignação pela derrota. Mas para o pobre poeta, como para a mulher ociosa, que contemplam os acontecimentos sem encontrar neles um interesse direto e pessoal, seja qual for o resultado da luta, há o profundo horror do sangue derramado dos dois lados, e uma espécie de desespero à vista desse ódio, dessas injúrias, dessas ameaças, dessas calúnias que sobem ao céu como um holocausto impuro, decorrente das convulsões sociais.

Nessas horas, um gênio tempestuoso e poderoso como o de Dante[(2)], escreve com suas lágrimas, com sua bílis, com seus nervos, um poema terrível, um drama cheio de torturas e de gemidos. É preciso estar encharcado como essa alma de ferro e de fogo, para deter a imaginação nos horrores de um inferno simbólico, quando se tem diante dos olhos o doloroso purgatório da desolação na Terra. Hoje, mais fraco e mais sensível, o artista, que é apenas o reflexo e o eco de uma geração bastante semelhante a ele, sente a imperiosa necessidade de desviar o olhar e distrair a imaginação, tomando como referência um ideal de calma, de inocência e de devaneio. É sua enfermidade que o faz agir assim, mas ele não deve se envergonhar disso, pois é também seu dever. Em tempos em que o mal provém do fato de que os homens se desconhecem e se detestam, a missão do artista é a de celebrar a delicadeza, a confiança, a amizade e, assim, lembrar aos homens endurecidos ou desencorajados que os costumes puros, os sentimentos ternos e a justiça primitiva são ou podem ainda ser deste mundo. As alusões diretas aos infortúnios presentes, o apelo às paixões em fermentação, esse não é o caminho para a salvação; é preferível uma doce canção, um som de flauta rústica, um conto para embalar e adormecer as crianças, sem medo e sem sofrimento, ao espetáculo dos males reais, reforçados e mais enegrecidos pelas cores da ficção.

Pregar a união quando nos cortamos mutuamente a garganta é gritar no deserto. Há ocasiões em que as almas estão tão agitadas que ficam surdas a qualquer exortação direta. Desde aqueles dias de junho, dos quais os acontecimentos atuais são a consequência inevitável, o autor do conto que vamos ler se impôs a si mesmo a tarefa de ser "amável", mesmo que tivesse de morrer de tristeza. Ele deixou ridicularizar seus "poemas pastorais", como havia deixado escarnecer de todo o resto, sem se preocupar com as opiniões de certa crítica. Ele sabe que contentou aqueles que gostam "desse tema" e que agradar àqueles que sofrem do mesmo mal que ele, ou seja, o horror do ódio e da vingança, é lhes fazer todo o bem que podem ter: muito fugaz, alívio passageiro, é verdade, porém mais real do que uma declamação apaixonada e mais atraente do que uma demonstração clássica.

GEoRGE SAND
Nohant, 21 de dezembro de 1851.

(1) Referência às revoltas de junho de 1848 na França, de modo particular em Paris, onde o levante da classe trabalhadora foi reprimido à bala, deixando centenas de mortos. A insurreição era decorrente da insatisfação geral do povo pelos caminhos conservadores que a Nova República (sucedendo à deposição do rei Luís Felipe I, em fevereiro daquele ano) tomava, não procedendo às reformas políticas e econômicas prometidas e que deveriam beneficiar a classe operária e os camponeses do país (N.T.).

(2) Referência à *Divina Comédia*, obra poética dividida em três partes (Inferno, Purgatório e Céu) de Dante Alighieri (1265-1321), poeta máximo da língua italiana (N.T.).

1

O senhor Barbeau, da povoação de Cosse, não ia nada mal em seus negócios. A prova é que fazia parte do conselho municipal de sua comuna. Possuía terras que lhe davam o sustento da família e, ainda por cima, algum lucro no mercado. Em seus prados, colhia feno às carroçadas e, salvo aquele que crescia à beira do riacho e que era um tanto prejudicado pelos juncos, era forragem reconhecida na região como de ótima qualidade.

A casa do senhor Barbeau era bem construída, coberta de telhas, situada num local aprazível na encosta, com um jardim lucrativo e um vinhedo de considerável tamanho. Enfim, atrás do celeiro, surgia um belo pomar, que por esses lados chamamos de quintal, e que produzia frutas em abundância, como ameixas, cerejas, peras e outras. Até mesmo as nogueiras, que cresciam ao longo dos limites da propriedade, eram as mais antigas e as maiores de toda a redondeza.

O senhor Barbeau era homem de coragem, bondoso e muito apegado à família, sem ser injusto com os vizinhos e com os demais paroquianos.

Já tinha três filhos quando a senhora Barbeau, vendo que, sem dúvida, tinha posses suficientes para cinco e que devia se apressar, pois a idade ia chegando, teve a coragem de dar-lhe dois de uma só vez, dois lindos meninos; e como eram tão parecidos que mal se podia distinguir um do outro, logo se reconheceu que eram daqueles gêmeos de semelhança perfeita.

A senhora Sagette, que os recebeu em seu regaço assim que vieram ao mundo, não se esqueceu de fazer, ao que nasceu primeiro, uma pequena cruz no braço com sua agulha, porque, dizia ela, uma fitinha ou uma correntinha podem muito bem ser confundidas e fazer com que esse primeiro venha a perder o direito de primogenitura. "Quando o bebê ficar mais forte", acrescentou ela, "será preciso fazer um sinal que não se apague nunca." Foi o que não deixaram de fazer. O primeiro a nascer recebeu o nome de Sylvain, que logo passou a ser chamado de Sylvinet, para distingui-lo do irmão mais velho, que fora seu padrinho. O segundo a nascer foi chamado Landry, nome que conservou tal como o recebera no batismo, porque seu tio, que era o padrinho, era chamado por todos, desde a infância, de Landriche.

O senhor Barbeau ficou um pouco surpreso, ao voltar da feira e ver duas cabecinhas no berço.

— Oh! Oh! — exclamou ele. — O berço é muito estreito. Amanhã de manhã, terei de aumentar seu tamanho.

Tinha certa aptidão como marceneiro, sem ter propriamente aprendido, e ele próprio havia feito a metade dos móveis da casa. Não disse mais nada e foi cuidar da mulher, que bebeu uma bela taça de vinho quente, o que a revigorou.

— Você trabalha tão bem, mulher — disse-lhe ele —, que isso deve me dar coragem. Aí estão mais duas crianças para alimentar, embora não tivéssemos necessidade delas; isso quer dizer que não devo deixar de cultivar nossas terras e de criar nossos animais. Fique tranquila; vamos trabalhar; mas, da próxima vez, não me dê três, porque já seria demais.

A senhora Barbeau se pôs a chorar, o que entristeceu o senhor Barbeau.

— Tudo bem, tudo bem — disse ele —, não é preciso se atormentar, mulher. Não lhe disse isso para recriminar, mas, pelo contrário, para agradecer. Esses dois meninos são lindos e bem feitos; não têm defeito físico e estou feliz com isso.

— Ah! meu Deus — exclamou a mulher —, sei muito bem que não me recrimina, meu senhor; mas estou preocupada, porque me disseram que não há nada mais complicado e mais difícil do que criar gêmeos. Eles se prejudicam um ao outro e, quase sempre, um dos dois deve morrer para que o outro cresça com saúde.

— É mesmo! — exclamou o pai. — Mas será verdade? Quanto a mim, esses são os primeiros gêmeos que vejo. O caso não é muito frequente. Mas temos aqui a senhora Sagette, que conhece bem essas coisas e vai nos dizer o que sabe a respeito.

Chamaram a senhora Sagette, que respondeu:

— Acreditem em mim: esses dois gêmeos viverão muito bem e não vão ficar mais vezes doentes do que as outras crianças. Faz cinquenta anos que trabalho como parteira e tenho visto todas as crianças dessa região nascer, viver ou morrer. Não é, portanto, a primeira vez que recebo gêmeos em meu colo. Em primeiro lugar, a semelhança nada tem a ver com a saúde deles. Há alguns que não se parecem mais do que vocês se parecem comigo e, muitas vezes, acontece que um é forte e o outro é fraco, o que faz com que um viva e o outro morra. Mas olhem bem para os seus. Cada um deles é tão bonito e de corpo tão perfeito, como se fosse filho único. Não fizeram nenhum mal um ao outro no ventre da mãe; e ambos vieram ao mundo sem fazê-la sofrer muito, e eles próprios não sofreram. São maravilhosamente lindos e só pedem para viver. Console-se, portanto, senhora Barbeau, deverá ser um prazer vê-los crescer. E se vingarem, como creio, somente a senhora e aqueles que os virem todos os dias é que poderão notar diferença entre os dois, porque nunca vi dois gêmeos tão parecidos. Dir-se-ia que são dois filhotes de perdiz saídos do mesmo ovo; são tão graciosos e semelhantes que só a mãe perdiz pode reconhecê-los.

— Ainda bem! — disse o senhor Barbeau, coçando a cabeça. — Mas ouvi dizer que os gêmeos fazem tanta amizade um com o outro que, caso sejam separados, não conseguem mais viver e um dos dois, pelo menos, se deixa consumir tanto pela tristeza que chega até a morrer.

— É a pura verdade — disse a senhora Sagette. — Mas escutem bem o que uma mulher experiente vai lhes dizer. Não se esqueçam, pois quando seus filhos tiverem idade suficiente para deixá-los, talvez eu não esteja mais neste mundo para aconselhá-los. Assim que os gêmeos alcançarem a idade de meninos bem crescidos, tomem cuidado para não os deixar sempre juntos. Levem um ao trabalho, enquanto o outro fica em casa. Quando um for pescar, mandem o outro caçar; quando um cuidar das ovelhas, que o outro conduza os bois ao pasto; quando derem vinho a um para beber, deem ao outro um copo de água, e vice-versa. Não repreendam ou corrijam os dois ao mesmo tempo; não os vistam da mesma maneira; quando um estiver usando chapéu, que o outro ponha na cabeça um boné e, principalmente, que as blusas deles não sejam da mesma cor azul. Enfim, procurem evitar, por todos os meios que puderem imaginar, que eles se façam passar um pelo outro e que se acostumem a viver sem a companhia do outro. Tenho muito medo de que aquilo que lhes estou dizendo entre por uma orelha e saia pela outra. Mas se não fizerem o que acabo de lhes dizer, dia virá em que deverão se arrepender amargamente.

A senhora Sagette falava maravilhosamente bem e eles acreditaram nela. Prometeram seguir seus conselhos e, antes de despedir-se, deram-lhe um belo presente.

Então, como ela havia recomendado claramente que os gêmeos não fossem alimentados com o mesmo leite, trataram logo de procurar uma ama de leite.

Mas não encontraram nenhuma na vizinhança. A senhora Barbeau, que não havia contado com dois filhos de uma vez e que havia amamentado todos os outros, não tinha tomado qualquer precaução antecipadamente. Foi preciso então que o senhor Barbeau saísse à procura dessa ama de leite, pelas redondezas; e durante esse tempo, como a mãe não podia deixar seus filhos passar fome, amamentou normalmente tanto um como outro.

As pessoas de nossas paragens não se decidem rapidamente e, por mais rico que alguém seja, sempre costuma pechinchar um pouco. Sabiam que os Barbeau tinham como pagar e pensavam que a mãe, que não era mais tão jovem, não poderia amamentar dois filhos sem se exaurir. Todas as amas de leite que o senhor Barbeau conseguiu encontrar pediam-lhe 18 libras por mês, nem mais nem menos do que pediam a um burguês.

O senhor Barbeau não pretendia dar mais de 12 ou 15 libras, considerando que ainda era muito para um camponês. Andou por todos os lados, pechinchando um pouco, sem nada conseguir. O caso não era tão urgente, pois os dois bebês, tão miúdos ainda, não podiam fatigar a mãe, e estavam tão bem de saúde, tão tranquilos, tão pouco chorões, davam tão pouco trabalho que parecia não haver mais que um na casa. Quando um dormia, o outro também dormia. O pai tinha arrumado o berço e, quando os dois choravam, eram embalados e acalmados ao mesmo tempo.

Por fim, o senhor Barbeau arrumou uma ama por 15 libras, e ele só se obrigava a mais algumas despesas com ela, orçadas em centavos, quando sua mulher lhe disse:

— Ah! meu senhor, não vejo por que vamos gastar 180 ou 200 libras por ano, como se fôssemos cavalheiros e damas da alta sociedade, e como se eu já não tivesse idade para amamentar meus filhos. Tenho mais leite do que o necessário para os dois. Já estão com um mês, nossos meninos, e veja se não estão em boas condições! Merlaude, que o senhor quer dar como ama de leite a um dos dois, não é tão forte e tão saudável quanto eu; o leite dela já tem dezoito meses, e não é o de que uma criança tão nova precisa. A senhora Sagette nos disse para não alimentarmos nossos gêmeos com o mesmo leite, para evitar que se tornassem amigos demais; é verdade que disse isso; mas não disse também que eles deveriam ser cuidados igualmente bem, porque, afinal, os gêmeos não têm uma vida tão forte quanto as outras crianças? Prefiro que os nossos gostem demais um do outro a ter de sacrificar um pelo outro. E depois, qual dos dois haveríamos de entregar à ama? Confesso que sentiria tanta tristeza ao me separar de um como do outro. Posso dizer que amei ternamente todos os meus filhos, mas não sei por quê, parece que esses dois são os mais encantadores e amáveis que já carreguei no colo. Tenho por eles um não sei o quê que me leva a ter medo de perdê-los. Imploro, meu marido, não pense mais nessa ama; quanto ao resto, faremos tudo o que a senhora Sagette recomendou. Como seria possível pensar que crianças de peito tenham amizade demais quando, ao serem desmamadas, mal vão saber distinguir as mãos dos pés?

— O que está dizendo não deixa de ser verdade, mulher — respondeu o senhor Barbeau, olhando para a esposa, que ainda estava saudável e forte como poucas. — Mas se, no entanto, à medida que essas crianças crescerem, a saúde da senhora vier a piorar?

— Não tenha medo — retrucou a senhora Barbeau —, sinto-me com um apetite tão bom quanto se tivesse quinze anos; além disso, se chegar a me sentir fraca, prometo não lhe esconder o fato e sempre haverá tempo para colocar uma dessas pobres crianças aos cuidados de uma ama.

O senhor Barbeau se rendeu, ainda mais que não estava tão propenso a assumir despesas desnecessárias. A senhora Barbeau amamentou seus gêmeos sem se queixar e sem sofrer; e como tinha uma boa constituição física, dois anos depois de desmamar seus dois pequenos, deu à luz uma linda menina, que recebeu o nome de Nanette, e que ela própria também amamentou. Mas já era um pouco demais, e ela teria tido dificuldades em dar conta, se sua filha mais velha, que tivera seu primeiro filho, não a tivesse aliviado de vez em quando, amamentando sua irmã mais nova.

Dessa maneira, toda a família cresceu e logo todas as crianças brincavam ao ar livre, os pequenos tios e as pequenas tias com os pequenos sobrinhos e as pequenas sobrinhas, que uns não podiam ser recriminados por serem mais turbulentos ou mais tranquilos que os outros.

2

Os gêmeos cresciam a contento, sem adoecer mais do que ocorre com outras crianças. Tinham até mesmo um temperamento tão meigo e afável que nem sequer se queixaram com o nascer dos dentes nem com as pequenas indisposições próprias dessa fase de crescimento.

Os dois eram loiros e loiros permaneceram por toda a vida. Eram de bela aparência, tinham grandes olhos azuis, ombros bem aprumados, corpo ereto e bem plantado, de mais estatura e ousadia do que qualquer um da idade deles, e todas as pessoas dos arredores, que passavam pelo vilarejo de Cosse, paravam para contemplá-los, maravilhando-se com a semelhança deles e, ao seguirem adiante, comentavam:

— Que bela dupla de garotos!

Foi por isso que, desde o início, os gêmeos se acostumaram a ser examinados e questionados, e a não se mostrar acanhados e tolos à medida que cresciam. Ficavam à vontade com todos e, em vez de se esconder atrás dos arbustos, como fazem os meninos de nossa região ao avistarem um estranho, enfrentavam o primeiro que aparecesse, mas sempre com toda a delicadeza, e respondiam a tudo o que lhes perguntavam, sem abaixar a cabeça e sem se fazer de rogados. À primeira vista, ninguém conseguia ver diferença entre os dois e todos julgavam ver um ovo e outro ovo. Mas quando os observavam por um quarto de hora, viam que Landry era um pouquinho mais alto e mais forte, que tinha cabelos um pouco mais espessos, o nariz mais pronunciado e os olhos mais vivos. Tinha também a testa mais larga e um ar mais decidido; e até um sinal que seu irmão tinha na bochecha direita, ele o tinha na bochecha esquerda e muito mais saliente. Os habitantes da localidade os reconheciam, portanto, muito bem; mas ainda assim, só os distinguiam depois de alguns instantes e, ao cair da noite ou a pequena distância, quase todos se enganavam, principalmente porque os gêmeos tinham a voz muito parecida e, como eles sabiam muito bem que podiam ser confundidos, um respondia pelo outro, sem se preocupar em avisar do engano. O próprio senhor Barbeau ficava confuso às vezes. Só mesmo a mãe, como a senhora Sagette havia predito, nunca se confundia, mesmo na mais escura noite ou por mais longe que os visse chegando ou que os ouvisse falar.

Com efeito, um era igual ao outro e, se Landry transmitia a ideia de mais disposição e coragem do que seu irmão mais velho, Sylvinet era tão amoroso e tão astuto que não era possível gostar menos dele do que do irmão mais novo. Durante três meses, pensaram em impedi-los de se acostumar a andar sempre juntos. Três meses é muito tempo, nas áreas interioranas, para observar se uma coisa foge do que é ditado pelo costume. Mas, por um lado, não viam como isso pudesse ter grande efeito e, por outro, o padre havia dito que a senhora Sagette era caduca e que o que Deus havia colocado nas leis da natureza não poderia ser desfeito pelos homens. Tanto foi assim que, aos poucos, esqueceram tudo o que haviam prometido fazer. Na primeira vez que lhes tiraram as roupinhas de criança para levá-los à missa de calças, foram vestidos com o mesmo tecido, porque foi uma saia da mãe que serviu para as roupas dos dois, e o feitio foi o mesmo, uma vez que o alfaiate da localidade não sabia confeccionar outro.

Com a idade, perceberam que os dois tinham o mesmo gosto pelas cores e quando a tia Rosette quis dar de presente uma gravata a cada um, no ano novo, os dois escolheram a mesma gravata lilás do vendedor ambulante, que passava com sua mercadoria no lombo do cavalo, oferecendo-a de porta em porta. A tia lhes perguntou se era porque achavam que deviam estar sempre vestidos da mesma maneira. Mas os gêmeos não demoraram em responder; Sylvinet disse que era a cor mais linda e o desenho de gravata mais bonito que havia em toda a carga do mercador, e Landry logo garantiu que todas as outras gravatas eram realmente feias.

— E a cor de meu cavalo — perguntou o comerciante, sorrindo —, que acham dela?

— Muito feia — disse Landry. — Parece uma pega velha.

— Mais que feia— disse Sylvinet. — Parece mesmo uma pega mal emplumada.

— Pode ver muito bem — disse o vendedor ambulante à tia, com ar sério — que esses meninos têm o mesmo modo de ver. Se um vê amarelo o que é vermelho, logo o outro verá vermelho o que é amarelo, e não devemos contrariá-los a respeito, porque dizem que, ao querer evitar que os gêmeos se considerem como duas impressões do mesmo desenho, eles se tornam idiotas e não sabem mais absolutamente o que dizem.

O mercador dizia isso porque as suas gravatas de cor lilás apresentavam defeitos de coloração e queria vender as duas de uma vez.

Com o passar do tempo, tudo continuava igual, e os gêmeos eram vestidos de maneira tão parecida, que havia ainda mais razão para confundi-los, e seja por malícia infantil, seja pela força dessa lei da natureza que o padre acreditava que era impossível desfazer, quando um estragava a ponta do calçado, o outro muito rapidamente danificava o seu, do mesmo pé; quando um rasgava a jaqueta ou o boné, sem demora, o outro imitava tão bem o rasgo, que se diria que o mesmo acidente o havia causado: e então, os gêmeos se punham a rir e a assumir um ar dissimuladamente inocente quando perguntados a respeito.

Por felicidade ou infelicidade, essa amizade aumentava sempre mais com a idade e, no dia em que passaram a raciocinar um pouco, os dois chegaram à conclusão de que não podiam se divertir com os outros quando um dos dois não estivesse presente. E tendo o pai tentado manter um deles o dia todo consigo, enquanto o outro ficava em casa com a mãe, ambos ficaram tão tristes, tão pálidos e tão desinteressados no trabalho, que julgaram que os dois estivessem doentes. E depois, quando se reencontravam à noite, ambos saíam caminhando pelos campos, de mãos dadas, não querendo mais voltar para casa, tão felizes se sentiam por estarem juntos, e também porque estavam um pouco descontentes com os pais por lhes terem causado esse aborrecimento. Não tentaram mais separá-los, pois é preciso dizer que o pai e a mãe, até mesmo os tios e as tias, os irmãos e as irmãs, tinham pelos gêmeos tamanho apego que beirava a fraqueza. Sentiam-se orgulhosos de tanto receber elogios e também porque se tratava, na verdade, de dois meninos que não eram nem feios, nem tolos, nem maus.

De vez em quando, o senhor Barbeau se preocupava um pouco com o que haveria de dar esse hábito de estar sempre juntos quando fossem adultos e, lembrando-se das palavras da Sagette, tentava provocá-los para despertar ciúmes um do outro. Se cometessem um pequeno erro, ele puxava as orelhas de Sylvinet, por exemplo, dizendo a Landry: "Dessa vez, te perdoo, porque geralmente és mais comportado." Mas ao sentir as orelhas em fogo, isso consolava Sylvinet, pois via que seu irmão havia sido poupado e Landry chorava como se fosse ele que tivesse recebido a correção. Tentaram também dar somente a um deles algo que ambos queriam; mas da mesma forma, se era algo bom para comer, eles compartilhavam; ou se fosse qualquer outro brinquedo, eles o colocavam em comum ou o tomavam e o devolviam um ao outro, sem distinção do teu e do meu. Se elogiavam um deles por seu comportamento, fingindo não fazer justiça ao outro, este ficava contente e orgulhoso de ver seu gêmeo encorajado e tratado com carinho e, por sua vez, passava a elogiá-lo e a tratá-lo com carinho também. Enfim, era perda de tempo querer dividi-los física e mentalmente. E como ninguém gosta de perturbar as crianças que ama, mesmo quando é para o bem delas, logo deixaram as coisas correr como Deus quisesse; ou então viam nessas pequenas impertinências um divertimento a que não davam muita importância. Os dois eram muito espertos e, às vezes, para que os deixassem em paz, fingiam discutir e brigar; mas era apenas brincadeira e tomavam todo o cuidado, ao rolar por terra, para não machucar o outro; se algum espectador ficasse surpreso ao vê-los brigando, eles se escondiam para rir dele, e era possível ouvi-los tagarelar e cantarolar juntos como dois melros pousados num ramo.

Apesar dessa grande semelhança e dessa grande inclinação, Deus, que não fez nada absolutamente igual no céu e na Terra, quis que tivessem um destino bem diferente. E foi então que se pôde ver que eram duas criaturas separadas nos desígnios de Deus e diferentes em seu próprio temperamento.

Só perceberam isso pela experiência e essa prova a tiveram depois que os dois fizeram a primeira comunhão juntos. A família do senhor Barbeau continuava aumentando, graças às duas filhas mais velhas, que não paravam de trazer ao mundo belos rebentos. O filho mais velho, Martin, um belo e bom rapaz, tinha se engajado no serviço militar; os genros trabalhavam bem, mas nem sempre havia trabalho suficiente. Houve, em nossa região, uma série de anos ruins, tanto pelos estragos do tempo como pelas dificuldades do comércio, que levou os camponeses a desembolsar mais dinheiro do que a embolsar.

Visto que o senhor Barbeau não era bastante rico para manter todos com ele, teve de pensar em colocar os gêmeos a trabalho na casa de outros. O senhor Caillaud, da localidade de Priche, ofereceu-se para tomar um dos gêmeos para tanger os bois, uma vez que tinha uma grande extensão de terras para trabalhar e todos os seus filhos já eram grandes demais ou muito pequenos para essa tarefa. A senhora Barbeau ficou com medo e muito triste quando o marido lhe falou a respeito pela primeira vez. Era como se ela nunca tivesse previsto que a coisa pudesse acontecer a seus gêmeos e, no entanto, tinha se preocupado com isso durante toda a vida; mas, como era muito submissa ao marido, não soube o que dizer. O pai também estava muito preocupado e foi preparando a coisa com todo o vagar. Primeiro, os dois gêmeos choraram e passaram três dias andando pelos bosques e prados, sem serem vistos, a não ser na hora das refeições. Não diziam uma palavra sequer aos pais e, quando perguntados se haviam pensado em se submeter, não respondiam, mas discutiam muito entre si quando estavam a sós.

No primeiro dia, os dois só souberam se lamentar e andar de braços dados como se receassem que alguém viesse e os separasse à força. Mas o senhor Barbeau não o teria feito. Ele tinha a sabedoria de um camponês, metade feita de paciência e metade de confiança na ação do tempo. Por isso, no dia seguinte, os gêmeos, vendo que ninguém os incomodava e que todos esperavam que eles haveriam de se conformar, se mostraram mais amedrontados com a vontade paterna do que se tivessem sofrido ameaças e castigos.

— Teremos de nos resignar — disse Landry — e o que resta saber é qual de nós dois deverá ir; porque nos deixaram a escolha, e o senhor Caillaud disse que não poderia levar os dois.

— Que me importa que seja eu a ir ou a ficar — disse Sylvinet —, visto que temos de nos separar? Não estou apenas pensando em morar em outro lugar; se eu fosse junto contigo, logo perderia o costume de viver nesta casa.

— Isso é fácil de dizer — replicou Landry — e, no entanto, aquele que ficar com nossos pais terá mais consolo e menos tédio do que aquele que não terá mais oportunidade de ver seu irmão gêmeo, nem o pai, a mãe, o jardim, nem os animais nem tudo aquilo que costuma lhe dar prazer.

Landry disse isso com ar bastante resoluto; mas Sylvinet começou a chorar, pois não tinha tanta coragem quanto o irmão e a ideia de perder tudo e de deixar tudo ao mesmo tempo lhe causava tanta pena que não conseguia mais deter as lágrimas.

Landry também chorava, mas não tanto, nem da mesma maneira, pois pensava sempre em tomar para si a maior parte do peso e queria ver o que o irmão poderia suportar, a fim de poupá-lo de todo o resto. Sabia muito bem que Sylvinet tinha mais medo do que ele de ir morar num lugar estranho e conviver com uma família que não era a dele.

— Olha, meu irmão — disse ele —, se pudermos nos decidir pela separação, é melhor que eu vá. Sabes muito bem que sou um pouco mais forte do que tu e que quando adoecemos, o que quase sempre acontece ao mesmo tempo, a febre é mais alta em ti do que em mim. Dizem que podemos morrer, talvez, se formos separados. Eu não acredito que vou morrer; mas não responderia por ti, e é por isso que prefiro te ver com a mãe, que vai te consolar e cuidar de ti. Na verdade, se em nossa casa fazem alguma diferença entre nós dois, o que não parece, creio que és tu o mais querido, e eu sei que és o mais delicado e o mais carinhoso. Fica, portanto, que eu partirei. Não estaremos longe um do outro. As terras do senhor Caillaud tocam as nossas e nos veremos todos os dias. Gosto do trabalho e isso vai me distrair e, como corro mais do que tu, virei mais depressa te encontrar, logo que tiver terminado meu dia de trabalho. Como não vais ter grande coisa a fazer, poderás vir, passeando, para me ver em meu trabalho. Ficarei muito menos preocupado contigo do que se estivesses fora e eu dentro de casa. Peço-te, portanto, que fiques.

3

Sylvinet não quis saber disso; embora tivesse um coração mais terno do que Landry por seu pai, por sua mãe e por sua pequena Nanette, estava com medo de deixar toda a responsabilidade do caso para seu irmão gêmeo.

Depois de terem discutido a fundo, tiraram a sorte e esta recaiu sobre Landry. Sylvinet não gostou da prova e quis tentar cara ou coroa, jogando uma pesada moeda para o ar. Deu cara três vezes para ele; tocava a Landry partir.

— Podes ver muito bem que a sorte assim o quer — disse Landry — e sabes que não se deve contrariar a sorte.

No terceiro dia, Sylvinet chorou muito ainda, mas Landry quase não chorava mais. A primeira ideia da partida talvez lhe tivesse causado um sofrimento maior do que a seu irmão, porque tinha sentido melhor sua coragem e não se tinha iludido diante da impossibilidade de resistir aos pais; mas, de tanto pensar em sua mágoa, tinha-a superado mais depressa, refletindo muito a respeito, enquanto, de tanto se desolar, Sylvinet não tinha tido a coragem de se dominar, de tal modo que Landry estava mais que decidido a partir, ao passo que Sylvinet não havia se conformado ainda com o fato de ele ir embora.

E Landry tinha um pouco mais de amor-próprio que o irmão. Tantas vezes lhes haviam dito que nunca seriam mais do que metade de homens, se não se acostumassem a viver separados, que Landry, que começava a sentir o orgulho de seus catorze anos, tinha vontade de mostrar que não era mais criança. Sempre tinha sido o primeiro a persuadir e a arrastar o irmão, desde a primeira vez que tinham ido procurar um ninho no alto de uma árvore até o momento presente. Conseguiu, portanto, também dessa vez tranquilizá-lo e, à noite, ao voltar para casa, declarou ao pai que seu irmão e ele se rendiam ao dever, que haviam tirado a sorte, e que cabia a ele, Landry, ir tanger os bois nas terras de Priche.

O senhor Barbeau tomou os dois gêmeos sobre um dos joelhos, embora eles já fossem altos e fortes, e lhes falou assim:

— Meus filhos, aqui estão vocês na idade da razão. Reconheço sua submissão e fico contente por isso. Lembrem-se de que sempre que os filhos agradam aos pais, agradam ao grande Deus do céu que, mais dia menos dia, os recompensará. Não quero saber qual dos dois se submeteu primeiro. Mas Deus sabe e vai abençoar aquele por ter falado bem, assim como vai abençoar também o outro por ter escutado bem.

Em seguida, conduziu os filhos gêmeos até a mãe para que ela os cumprimentasse; mas a senhora Barbeau teve tanta dificuldade em conter o choro que não conseguiu lhes dizer uma palavra sequer e contentou-se em abraçá-los.

O senhor Barbeau, que não era bobo, sabia muito bem qual dos dois tinha mais coragem e qual deles tinha mais apego ao lar. Não queria deixar a boa vontade de Sylvinet esfriar, pois via que Landry estava inteiramente decidido e que apenas uma coisa, a dor do irmão, podia fazê-lo titubear. Ele, portanto, acordou Landry antes do amanhecer, tomando todo o cuidado para não tocar no irmão mais velho, que dormia ao lado dele.

— Vamos, pequeno — disse ele, em voz baixa—, devemos partir para Priche antes que tua mãe te veja, pois sabes que ela está sofrendo, e devemos poupar-lhe a despedida. Vou te acompanhar até a casa de teu novo patrão e carregar tua trouxa.

— Não vou dizer adeus a meu irmão? — perguntou Landry. — Ele vai ficar zangado comigo, se eu o deixar sem avisá-lo.

— Se teu irmão acordar, vai chorar ao te ver partir, vai acordar tua mãe, e tua mãe vai chorar ainda mais, por causa da dor dos dois. Vamos,

Landry, és um rapaz de grande coração e não gostarias de deixar tua mãe doente. Cumpre teu dever por inteiro, meu filho; parte como se nada acontecesse. Logo mais à noite, o mais tardar, vou levar teu irmão para junto de ti e, como amanhã é domingo, virás para casa ver tua mãe durante o dia.

Landry obedeceu bravamente e passou pela porta da casa sem olhar para trás. A senhora Barbeau não dormia tão profundamente nem estava tão tranquila a ponto de não ter ouvido tudo o que o marido dizia a Landry. A pobre mulher, percebendo que o marido tinha razão, não se mexeu e contentou-se em afastar um pouco o cortinado da cama para ver Landry sair. Estava com o coração tão apertado que saltou da cama para ir abraçá-lo, mas se deteve ao chegar diante da cama dos gêmeos, onde Sylvinet ainda dormia em sono pesado. O pobre menino havia chorado tanto por três dias e quase três noites, que estava exausto de fadiga, e até com um pouco de febre, pois se virava e se revirava no travesseiro, soltando grandes suspiros e gemendo sem conseguir acordar.

Então a senhora Barbeau, refletindo e contemplando o único dos gêmeos que lhe restava, não pôde deixar de dizer a si mesma que era esse que ela teria visto partir com mais dificuldade. É bem verdade que era o mais sensível dos dois, seja porque tinha um temperamento menos forte, seja porque Deus, em sua lei da natureza, tenha escrito que, de duas pessoas que se amam, tanto de amor como de amizade, sempre há uma que deve dar seu coração mais do que a outra. O senhor Barbeau tinha certa preferência por Landry, porque fazia mais caso do trabalho e da coragem do que das carícias e das atenções. Mas a mãe tinha essa pequena preferência pelo mais gracioso e mais carinhoso, que era Sylvinet.

E ficou aí parada, contemplando seu pobre garoto, muito pálido e bem franzino, e pensando que seria realmente uma grande pena colocá-lo desde já a serviço de outros; além do mais, seu Landry tinha mais fibra para suportar o trabalho e, mais ainda, a amizade que nutria pelo irmão gêmeo e pela mãe não haveria de afligi-lo tanto a ponto de levá-lo a ficar doente. "É uma criança que tem perfeita noção de seu dever", pensava ela; "mas mesmo assim, se não tivesse o coração um pouco duro, não teria partido assim sem hesitar, sem virar a cabeça e sem derramar uma só lágrima. Não teria tido forças para dar dois passos sem se atirar a meus pés para pedir coragem ao bom Deus, e teria se aproximado de minha cama, onde eu fingia dormir, tão somente para me olhar e para abraçar a ponta do cortinado. Meu Landry é realmente um ótimo menino. Só pede para viver, mover-se, trabalhar e mudar de lugar. Mas este tem um coração de menina; é tão terno e tão doce que não se pode deixar de amá-lo como a própria menina dos olhos."

Assim dizia para si mesma a senhora Barbeau ao voltar para a cama, onde não conseguiu adormecer de novo, enquanto o senhor Barbeau conduzia Landry através de prados e pastagens para os lados de Priche. Quando chegaram ao topo de uma pequena elevação, de onde não se vê mais as casas de Cosse, logo que se começa a descer, Landry parou e se virou. Com o coração apertado, ele se sentou sobre uma samambaia, incapaz de dar mais um passo. O pai fingiu não perceber e continuou caminhando. Depois de um breve momento, ele o chamou com toda a meiguice, dizendo-lhe:

— Eis que o dia já desponta, meu Landry; vamos retomar o caminho, se quisermos chegar antes do nascer do sol.

Landry se levantou e, como havia jurado não chorar diante do pai, reteve as lágrimas, grandes como ervilhas, que brotavam de seus olhos. Fingiu ter deixado cair o canivete do bolso e chegou até Priche sem demonstrar pesar que, no entanto, não era pouco.

4

O senhor Caillaud, ao ver que, dos dois gêmeos, lhe traziam o mais forte e mais diligente, ficou muito feliz em recebê-lo. Sabia muito bem que a decisão não devia ter sido tomada sem pesar, e como era um homem bom e um bom vizinho, muito amigo do senhor Barbeau, fez o possível para agradar e encorajar o rapaz. Mandou que lhe trouxessem imediatamente um prato de sopa e uma pequena jarra de vinho para lhe dar ânimo, pois era fácil ver que a aflição ainda o dominava.

Em seguida, levou-o para amarrar os bois e lhe ensinou a maneira de fazê-lo. Na verdade, Landry não era novato nessa tarefa; pois seu pai tinha uma bela junta de bois, que ele, muitas vezes, tinha atrelado e conduzido a contento. Assim que o menino viu os grandes bois do senhor Caillaud, que eram os mais bem cuidados, mais bem nutridos e mais fortes de raça de toda a região, sentiu-se afagado em seu orgulho por ter uma tão bela parelha de animais na ponta de seu aguilhão. Além disso, estava contente em mostrar que não era desajeitado nem indolente e que não tinham nada de novo a lhe ensinar. O pai não deixou de elogiá-lo e, quando chegou o momento de partir para os campos, todos os filhos do senhor Caillaud, rapazes e moças, grandes e pequenos, vieram abraçar o gêmeo, e a mais nova das meninas lhe amarrou um ramo de flores com fitas no chapéu, porque era o primeiro dia de serviço e como que um dia de festa para a família que o recebia.

Antes de deixá-lo, o pai o admoestou na presença de seu novo patrão, recomendando-lhe que o contentasse em tudo e cuidasse do gado como se fosse seu.

Com relação a isso, Landry, depois de ter prometido fazer seu melhor, foi para a lavoura, onde trabalhou com todo o empenho o dia inteiro e de onde regressou com grande apetite, pois era a primeira vez que trabalhava tão duro, e um pouco de fadiga é um remédio soberano contra a tristeza.

Mas foi mais difícil para o pobre Sylvinet passar esse dia, na "Bessonnière". Não se pode deixar de contar que a casa e a propriedade do senhor Barbeau, situadas na aldeia de Cosse, tinham recebido esse nome depois do nascimento dos dois gêmeos, e também porque, pouco tempo depois, uma empregada da casa dera à luz um par de gêmeas que não tinham sobrevivido. Ora, como os camponeses são grandes inventores de futilidades e de apelidos, a casa e o terreno tinham recebido o nome de "Bessonnière"; e em todos os lugares onde Sylvinet e Landry apareciam, as crianças não deixavam de gritar em torno deles: "Aí estão os '*bessons*' da 'Bessonnière'!"[3]

Ora, havia muita tristeza nesse dia na Bessonnière do senhor Barbeau. Assim que Sylvinet acordou e não viu o irmão a seu lado, desconfiou da verdade, mas não podia acreditar que Landry pudesse ter partido daquele jeito, sem se despedir dele; e, em sua dor, estava zangado com ele.

— O que é que eu fiz a meu irmão — dizia ele à mãe — e em que é que o aborreci? Tudo o que ele me aconselhou a fazer, eu sempre fiz; e quando me recomendou para não chorar diante da senhora, minha querida mãe, me contive para não chorar, tanto que minha cabeça parecia saltar. Ele tinha me prometido não partir sem me dizer algumas palavras para me dar coragem, e sem tomar o café da manhã comigo na extremidade da plantação de cânhamo, no lugar onde costumávamos ir conversar e brincar. Eu queria preparar a trouxa dele e lhe dar meu canivete, que é melhor que o dele. Então a senhora arrumou a trouxa dele ontem à noite sem me dizer nada, mãe, e a senhora sabia que ele queria ir embora sem se despedir de mim?

— Fiz a vontade de teu pai — respondeu a senhora Barbeau.

E ela disse tudo o que podia imaginar para consolá-lo. Ele não queria saber de nada; e foi somente quando reparou que ela também chorava, que passou a abraçá-la, a pedir-lhe perdão por ter aumentado sua dor e a prometer-lhe que ficaria com ela para compensar a ausência do irmão.

Mas assim que ela o deixou para ocupar-se do galinheiro e da lavagem de roupa, ele se pôs a correr para os lados de Priche, sem mesmo pensar para onde ia, deixando-se levar pelo instinto como um pombo que corre atrás da pomba sem se preocupar com o caminho.

Teria ido até Priche se não tivesse encontrado o pai, que voltava de lá e que o tomou pela mão para trazê-lo de volta, dizendo-lhe:

— Iremos para lá hoje à noite, mas não devemos atrapalhar teu irmão enquanto está trabalhando; isso não haveria de deixar o patrão dele muito contente; além disso, a dona de nossa casa, tua mãe, está aflita e conto contigo para consolá-la.

---

(3) "Bessonnière" é um derivado de "besson", termo dialetal para indicar gêmeo; "Bessonnière" significa, portanto, casa dos "bessons", ou seja, casa dos gêmeos (N.T.)

5

Sylvinet voltou e foi se agarrar às saias da mãe como uma criança, e não a deixou o dia todo, falando-lhe continuamente de Landry e não conseguindo deixar de pensar nele, passando por todos os lugares e recantos onde costumavam ficar juntos. À noite, ele foi até Priche com o pai, que decidiu acompanhá-lo.

Sylvinet estava louco para abraçar seu irmão gêmeo; nem sequer tinha jantado, tamanha a pressa que tinha de partir. Esperava que Landry viesse ao encontro dele e imaginava vê-lo acorrendo. Mas Landry, embora tivesse realmente vontade de fazer isso, não se moveu. Receava que os moços e os meninos de Priche zombassem dele por causa desse tipo de amizade de gêmeos, que passava por ser uma espécie de doença, de modo que Sylvinet o encontrou à mesa, bebendo e comendo como se tivesse estado toda a vida com a família Caillaud.

Assim que Landry o viu entrar, no entanto, seu coração pulou de alegria e, se não se tivesse contido, teria derrubado a mesa e o banco para ir correndo abraçá-lo. Mas não se atreveu a fazê-lo, porque seus patrões o olhavam com curiosidade, divertindo-se ao ver nessa amizade uma coisa nova e um fenômeno da natureza, como dizia o mestre-escola do lugar.

Por isso quando Sylvinet correu até ele para abraçá-lo, chorando, e para apertar-se contra ele como faz um passarinho no ninho, que se achega ao irmão para se aquecer, Landry se mostrou irritado, por causa dos outros, embora não pudesse deixar de estar muito contente; mas ele queria parecer mais razoável do que o irmão e, de vez em quando, lhe fazia sinal para que se moderasse, o que deixou Sylvinet extremamente surpreso e aborrecido.

Em seguida, o senhor Barbeau se pôs a conversar e a beber um ou dois copos com o senhor Caillaud. Como Landry quisesse mostrar seu afeto e carinho ao irmão como que em segredo, os dois saíram juntos.

Mas os outros rapazes os observavam de longe; até mesmo a pequena Solange, a mais nova das filhas do senhor Caillaud, que era maliciosa e curiosa como um verdadeiro pintarroxo, seguiu-os a passos curtos até a plantação de aveleiras, rindo com ar embaraçado quando os dois olhavam para ela, mas sem nunca desistir de segui-los, porque imaginava que iria ver algo singular, mas sem saber o que pode haver de surpreendente na amizade de dois irmãos.

Sylvinet, embora tivesse ficado surpreso com o ar tranquilo com que o irmão o havia acolhido, não pensou em recriminá-lo por isso, tão contente estava por se encontrar sozinho com ele. No dia seguinte, Landry, sentindo que podia fazer o que bem entendesse, porque o senhor Caillaud o havia dispensado de qualquer obrigação, partiu de Priche tão cedo que pensou em surpreender o irmão ainda na cama. Mas, embora Sylvinet fosse o mais dorminhoco dos dois, acordou no momento em que Landry passava a cerca do quintal e saiu correndo descalço como se algo lhe dissesse que seu irmão gêmeo se aproximava. Foi um dia de perfeito contentamento para Landry. Sentia prazer em rever a família e a casa, pois sabia que não poderia voltar todos os dias e que isso era para ele como uma recompensa.

Sylvinet esqueceu toda a sua aflição até a metade do dia. Na hora do almoço, tinha pensado que haveria de jantar com o irmão; mas quando o jantar terminou, pensou que a ceia seria a última refeição e começou a ficar inquieto e pouco à vontade. Preocupava-se com o irmão, tratava-o com carinho, de todo o coração, dando-lhe o que havia de melhor para comer, a crosta de seu pão e a parte mais tenra de sua alface; depois se inquietava com a roupa, com o calçado do irmão, como se ele tivesse de partir para muito longe e como se fosse digno de pena, sem suspeitar que era ele próprio o mais digno de pena, porque era o mais aflito.

6

A semana se passou da mesma maneira, com Sylvinet indo ver Landry todos os dias e Landry ficando com ele por alguns momentos quando vinha para os lados da Bessonnière. Landry, adaptando-se cada vez melhor à sua situação, e Sylvinet, não a aceitando de jeito nenhum e contando os dias, as horas, como uma alma perdida.

Só havia Landry no mundo para fazer com que o irmão tentasse, pelo menos, ser razoável. Por isso a mãe recorria a ele para tranquilizá-lo; pois dia após dia a aflição do pobre menino aumentava. Não brincava mais, só trabalhava quando mandado; ainda levava a irmãzinha a passear, mas quase sem falar com ela e sem pensar em diverti-la, cuidando somente para que ela não caísse e se machucasse. Logo que percebia que ninguém o observava, saía sozinho e se escondia tão bem que ninguém sabia onde encontrá-lo. Entrava em todas as valas, em todas as sebes, em todas as ravinas onde costumava brincar e conversar com Landry, e se sentava sobre as raízes em que haviam se sentado juntos, mergulhava os pés em todos os filetes de água, por onde os dois tinham chafurdado como verdadeiros patinhos; ficava contente quando encontrava alguns pedaços de madeira, que Landry tinha recortado com seu canivete, ou alguns seixos que ele havia ajuntado para arremessar ou para se servir como pederneira. Ele os recolhia e os escondia num buraco de um tronco ou sob uma casca de árvore, a fim de vir retirá-los e contemplá-los de vez em quando, como se fossem coisas importantes. Andava sempre tentando se recordar e ia remoendo na cabeça para encontrar todas as pequenas lembranças de sua felicidade passada. Isso não teria parecido nada para outro, mas para ele era tudo. Não se importava com o futuro, uma vez que não tinha coragem de pensar numa sequência de dias como aqueles que ora suportava. Pensava apenas no tempo passado e se consumia num devaneio contínuo.

Às vezes, imaginava ver e ouvir seu irmão gêmeo e conversava sozinho, julgando estar lhe respondendo. Ou adormecia no lugar onde estava, sonhando com ele; e quando acordava, chorava por estar sozinho, sem contar e sem conter as lágrimas, porque esperava que, de tanto chorar, o cansaço acabaria por abater seu desgosto.

Certa vez, quando tinha ido vagando até Champeaux, local onde cortavam lenha, encontrou no riacho, que sai da mata na época das chuvas, e que agora estava quase totalmente seco, um daqueles pequenos moinhos que as crianças de nossa região fazem com gravetos e que são tão bem ajustados que giram na corrente da água e, às vezes, ali ficam por muito tempo, até que outras crianças os quebrem ou as enxurradas os carreguem. Aquele que Sylvinet encontrou, inteiro e em perfeito estado, estava ali havia mais de dois meses e, como o local era deserto, não tinha sido visto nem danificado por ninguém. Sylvinet reconheceu-o imediatamente como obra de seu irmão gêmeo e, ao fazê-lo, eles tinham prometido voltar para vê-lo; mas nunca mais se haviam lembrado; e depois tinham feito muitos outros moinhos em diferentes lugares.

Sylvinet ficou, portanto, muito contente em reencontrá-lo e transportou-o um pouco mais para baixo, para o local em que o riacho havia se retirado, a fim de vê-lo girar e se lembrar de como Landry se havia divertido ao lhe dar o primeiro impulso. Depois ele o deixou ali, prevendo o prazer que teria ao voltar no primeiro domingo com Landry, para lhe mostrar como seu moinho havia resistido, por ser sólido e bem construído.

Mas ele não conseguiu se conter e, no dia seguinte, voltou sozinho e encontrou a margem do riacho toda revolvida e pisoteada pelos cascos dos bois que ali tinham vindo beber água e que tinham sido soltos para pastar no local, pela manhã. Avançou um pouco e viu que os animais haviam pisado em seu moinho, quebrando-o em tantos pedaços que poucos conseguiu encontrar. Ficou, pois, com o coração pesado e imaginou que algum infortúnio haveria de acontecer, naquele dia, a seu irmão gêmeo. Então correu até Priche para se certificar de que nada tinha sofrido. Mas como já havia percebido que Landry não gostava de que fosse vê-lo durante o dia, porque tinha medo de irritar seu patrão por lhe fazer perder tempo, contentou-se em olhar para ele de longe, enquanto trabalhava, cuidando para não ser visto por ele. Teria ficado com vergonha de confessar que ideia o tinha feito correr até lá e voltou sem dizer palavra e sem falar disso com ninguém, senão muito tempo depois.

Como se tornasse cada vez mais pálido, dormisse mal e quase não comesse, a mãe ficou muito aflita e não sabia o que fazer para consolá-lo. Tentava levá-lo consigo ao mercado ou mandá-lo às feiras de gado com o pai ou com os tios, mas ele não se interessava por nada nem se divertia. O senhor Barbeau, sem lhe dizer nada, tentava persuadir o senhor Caillaud a tomar os dois irmãos gêmeos a seu serviço. Mas o senhor Caillaud lhe respondia com argumentos que lhe davam toda a razão.

— Supondo que eu tomasse os dois por um tempo, isso não poderia durar, pois onde se faz necessário um serviçal, não há como assumir dois, para gente como nós. No final de um ano, seria preciso arranjar colocação para um deles em outro lugar. E não consegue ver que, se seu Sylvinet estivesse em lugar onde o obrigassem a trabalhar, não pensaria tanto e faria como o outro, que tomou corajosamente essa decisão por própria conta? Mais cedo ou mais tarde, terá que chegar a esse ponto. Talvez não conseguisse colocá-lo a serviço onde quisesse, e se esses meninos tiverem de ficar longe um do outro, vendo-se somente de semana em semana, ou de mês a mês, é melhor começar a acostumá-los desde já a não andar sempre grudados um no outro. Tente, portanto, ser um pouco mais razoável, meu velho, e não dê tanta atenção aos caprichos de uma criança a quem sua mulher e seus outros filhos fizeram todas as vontades e mimaram demais. O mais difícil está feito, e acredite que ele vai se acostumar com o resto, se você não ceder.

O senhor Barbeau se rendia a esses argumentos e reconhecia que quanto mais Sylvinet via o irmão gêmeo, mais tinha vontade de vê-lo. E prometia a si mesmo tentar colocá-lo a serviço de alguém, durante a próxima festa de São João, a fim de que, vendo cada vez menos Landry, finalmente adquirisse o hábito de viver como os outros e não se deixasse vencer por uma amizade que degenerava em febre e langor.

Mas não devia ainda falar sobre isso com a mãe; pois à primeira palavra, ela derramaria todas as lágrimas que os olhos pudessem verter. Ela dizia que Sylvinet era capaz de tirar a própria vida e o senhor Barbeau ficava extremamente embaraçado.

Aconselhado pelo pai e pelo patrão, e também pela mãe, Landry não deixava de argumentar com seu pobre irmão gêmeo; Sylvinet não se defendia, prometia tudo, mas não conseguia se vencer. Havia em sua aflição algo que ele não revelava, porque não saberia como dizê-lo: é que no mais profundo de seu coração tinha surgido um ciúme terrível com relação a Landry. Ele estava contente, mais contente que nunca, ao ver que todos estimavam seu irmão e que seus novos patrões o tratavam tão bem como se fosse filho da casa. Mas se, por um lado, isso o alegrava, por outro, se afligia e se ofendia por ver Landry corresponder em demasia, segundo ele, a essas novas amizades. Não podia suportar que, a uma palavra do senhor Caillaud, por mais delicada e pacientemente que fosse chamado, ele corresse depressa ao encontro da vontade do patrão, largando para trás pai, mãe e irmão, inquietando-se mais em faltar ao dever do que à amizade e mais pronto à obediência do que Sylvinet teria se sentido capaz quando se tratava de permanecer mais alguns momentos com o objeto de um amor tão fiel.

Então o pobre menino punha na cabeça uma preocupação que nunca tivera antes, a saber, que ele era o único a amar e que sua amizade era mal retribuída; e que isso deveria ter existido desde sempre, sem que tivesse chegado a dar-se conta; ou então que, de algum tempo para cá, o amor de seu irmão gêmeo tinha esfriado, porque tinha encontrado, em outro lugar, pessoas que julgava mais convenientes e que lhe agradavam mais.

7

Landry não podia adivinhar esse ciúme do irmão; pois, por natureza, não tivera, de sua parte, ciúme de nada em sua vida.

Quando Sylvinet ia visitá-lo em Priche, Landry, para distraí-lo, o levava para ver os grandes bois, as belas vacas, o numeroso rebanho de ovelhas e as grandes colheitas das terras arrendadas do senhor Caillaud; porque Landry estimava e considerava muito tudo isso, não por inveja, mas pelo gosto que tinha pelo trabalho da terra, pela criação de animais, pelo belo e bem feito em todas as coisas do campo. Tinha prazer em ver limpa, gorda e reluzente a potranca que conduzia ao prado e não tolerava que o menor trabalho fosse feito sem consciência, nem que qualquer coisa que conseguisse viver e frutificar fosse abandonada, negligenciada e como que desprezada, entre todos os dons do bom Deus. Sylvinet olhava tudo isso com indiferença e ficava surpreso ao ver que o irmão levava tanto a sério coisas que nada significavam para ele. Espantado com tudo isso, dizia a Landry:

— Aí estás mais que apaixonado por esses grandes bois; não pensas mais em nossos novilhos que são tão espertos e que, no entanto, eram tão mansos e tão afáveis com nós dois, que se deixavam amarrar mais facilmente por ti do que por nosso pai. Nem sequer me pediste notícias de nossa vaca que dá um leite tão bom e que olha para mim com ar tão triste, pobre animal, quando lhe levo de comer, como se compreendesse que estou totalmente sozinho e como se quisesse me perguntar onde está o outro irmão gêmeo.

— É verdade que ela é um ótimo animal — dizia Landry.— Mas olha para essas daqui! Poderás vê-las sendo ordenhadas e nunca em tua vida terás visto tanto leite ao mesmo tempo.

— Pode ser — retrucava Sylvinet —, mas aposto que não é leite tão especial e creme tão bom quanto o creme e o leite da Brunette, pois o pasto da Bessonnière é bem melhor que o daqui.

— Diacho! — exclamava Landry. — Acredito sinceramente que meu pai trocaria de bom grado, se lhe dessem o excelente feno do senhor Caillaud, por seu juncal à beira da água!

— Que nada! — retorquia Sylvinet, dando de ombros. — No juncal, há árvores mais bonitas que todas as daqui; e quanto ao feno, se é raro, é fino, e quando é carregado para o paiol, é como um odor de bálsamo que se espalha por todo o caminho.

Discutiam assim a propósito de nada, pois Landry sabia, de verdade, que não há bem melhor do que aquele que se tem, e Sylvinet não pensava em seus bens, mas nos bens dos outros, menosprezando os de Priche. No fundo de todas essas palavras jogadas no ar, porém, havia, por um lado, o menino que gostava de trabalhar e viver, pouco importando onde e como, e, por outro lado, aquele que não conseguia compreender como seu irmão, sem ele, pudesse ter um momento de bem-estar e de tranquilidade.

Se Landry o levasse à horta ou ao pomar de seu patrão e, conversando com ele, se interrompesse para cortar um ramo seco numa encosta ou para arrancar uma erva daninha entre os legumes, isso irritava Sylvinet, especialmente por ver que ele sempre tinha na cabeça a ideia de ordem e de serviço em favor dos outros, em vez de ser como ele, sempre à espreita do menor suspiro e da menor palavra do irmão. Não fazia nada para demonstrar isso, porque tinha vergonha de se sentir tão facilmente melindrado, mas no momento de deixá-lo, dizia-lhe com frequência:

— Vamos, já me tiveste bastante a teu lado por hoje; talvez estejas até chateado demais comigo; e que o tempo demore antes que me vejas de novo por aqui.

Landry não compreendia essas recriminações. Causavam-lhe desgosto e, por sua vez, recriminava o irmão que não queria nem sabia como se explicar.

Se o pobre menino tinha ciúmes das menores coisas que ocupavam Landry, tinha ainda mais ciúme das pessoas por quem Landry demonstrava afeição. Não podia suportar que Landry se mostrasse camarada e de bom humor com os outros rapazes de Priche, e quando o via cuidar da pequena Solange, acariciá-la ou diverti-la, criticava-o por esquecer sua irmãzinha Nanette, que era, segundo ele, cem vezes mais fofinha, mais limpa e mais adorável do que essa menina tão feia.

Mas como nunca se é justo quando se deixa corroer o coração pelos ciúmes, parecia-lhe que Landry, ao vir à Bessonnière, se ocupava demais com sua irmãzinha. Sylvinet recriminava-o por prestar atenção apenas a ela e por não ter para com ele nada além de tédio e indiferença.

Enfim, sua amizade se tornou, aos poucos, tão exigente e seu humor tão triste, que Landry começava a se preocupar e a não se sentir feliz em vê-lo com tanta frequência. Estava um tanto cansado de ser continuamente recriminado por ter aceitado sua sorte, como demonstrava, e dir-se-ia que Sylvinet se teria sentido também infeliz se pudesse tornar o irmão menos infeliz do que ele. Landry compreendeu e tentou dar-lhe a entender que a amizade, de tanto permanecer grande, pode, às vezes, se tornar um mal. Sylvinet não quis nem ouvir e até considerou isso como uma grande grosseria que o irmão lhe dirigia; tanto que, de vez em quando, ficava amuado e passava semanas inteiras sem ir até Priche, embora morrendo de vontade de ir, mas abstendo-se e pondo orgulho numa coisa que nem valia a pena.

Aconteceu até mesmo que, de palavra em palavra, e de birra em birra, tomando sempre pelo lado mau tudo o que Landry lhe dizia de mais sensato e de mais correto para lhe serenar o ânimo, o pobre Sylvinet passou a ter tanto despeito que, por vezes, julgava odiar o objeto de tanto amor; um domingo chegou até a sair de casa para não passar o dia com o irmão, que, no entanto, não tinha deixado uma única vez de vir.

Essa maldade infantil causou profundo pesar a Landry. Ele gostava do prazer e da turbulência, porque, a cada dia, ficava mais forte e mais desembaraçado. Em todos os jogos, era o primeiro, o mais ágil em movimentos e mais perspicaz de vista. Era, portanto, um pequeno sacrifício que fazia em favor do irmão, deixando os alegres rapazes de Priche, todos os domingos, para passar o dia inteiro na Bessonnière, onde nem compensava falar a Sylvinet de ir jogar na praça de Cosse, nem mesmo de ir passear em algum local dos arredores.

Sylvinet, que havia permanecido criança de corpo e de espírito muito mais que o irmão e que tinha apenas uma ideia, a de amá-lo unicamente e de ser amado da mesma forma, queria que ele fosse, com ele sozinho, até *seus* lugares, como dizia, a saber, nos recantos e nos esconderijos onde haviam brincado com jogos que não eram mais de sua idade: como fazer carrinhos de mão de vime, ou pequenos moinhos, ou arapucas para apanhar passarinhos; ou ainda casas com seixos e campos do tamanho de um lenço de bolso, que as crianças fingem arar de várias maneiras, imitando em miniatura o que veem fazer os lavradores, semeadores, esterroadores, capinadores e ceifeiros, ensinando assim uns aos outros, numa hora, todas as formas, todas as culturas e colheitas que a terra recebe e dá no decorrer do ano.

Essas formas de divertimento não eram mais do gosto de Landry, que agora praticava ou ajudava a praticar a coisa em grande escala, e que preferia dirigir uma grande carroça com seis bois atrelados a amarrar um carrinho de ramagens na cauda de seu cachorro. Teria gostado de medir forças com os rapazes fortes do lugar, de jogar boliche, visto que havia se tornado destro em levantar a pesada bola e fazê-la rolar no ponto, a trinta passos. Quando Sylvinet consentia em ir até esse local, em vez de jogar, metia-se num canto sem dizer nada, pronto para ficar entediado e se atormentar, se Landry parecesse sentir grande prazer e demonstrar entusiasmo demais no jogo.

Enfim, Landry tinha aprendido a dançar em Priche e, embora esse gosto tivesse chegado tarde, porque Sylvinet nunca o tivera, ele já dançava tão bem quanto aqueles que se dedicam à dança desde que aprendem a caminhar. Em Priche, era considerado um bom dançarino de *bourrée*[4] e, embora ainda não sentisse prazer em abraçar as garotas, como é costume fazer depois de cada dança, ficava contente ao abraçá-las, porque isso o tirava, aparentemente, da fase de criança; e teria até mesmo desejado que elas o fizessem um pouco da mesma maneira que o fazem com os homens. Mas elas ainda não o faziam, e aquelas mais altas até o agarravam pelo pescoço, rindo, o que o irritava um pouco.

Sylvinet o tinha visto dançar uma vez e essa fora a causa de um de seus maiores aborrecimentos. Ficou tão zangado ao vê-lo abraçar uma das filhas do senhor Caillaud que chorou de ciúmes e achou a coisa totalmente indecente e nada cristã.

Por isso, cada vez que Landry sacrificava seu divertimento pela amizade do irmão, não passava um domingo muito alegre e, mesmo assim, nunca faltava, acreditando que Sylvinet lhe seria grato, e tampouco se lamentava por certo tédio que sentia com a ideia de que estava propiciando algum contentamento ao irmão.

Por isso, ao ver que o irmão, que tinha procurado encrenca durante a semana, tinha saído de casa para não se reconciliar com ele, ficou muito pesaroso e, pela primeira vez desde que havia deixado a família, chorou abundantes lágrimas e foi se esconder, com vergonha de mostrar sua tristeza aos pais e temendo aumentar aquela que eles poderiam ter.

Se alguém tivesse de ficar com ciúmes, certamente Landry teria mais direito para tanto do que o irmão gêmeo. Sylvinet era o predileto da mãe, e até o senhor Barbeau, embora tivesse uma preferência secreta por Landry, mostrava por Sylvinet mais complacência e mais atenção. Esse pobre menino, sendo mais fraco e menos sensato, era também o mais mimado e todos tinham receio de aborrecê-lo. Tinha tido a melhor sorte, porquanto estava com a família e seu irmão tinha assumido a ausência e o trabalho por ele.

Pela primeira vez, o bom Landry fez todo esse raciocínio e achou o irmão muito injusto para com ele. Até então, seu coração cheio de bondade o havia impedido de provar que estava errado e, em vez de acusá-lo, ele se havia condenado a si mesmo por ter ótima saúde e demasiado ardor pelo trabalho e pelo prazer, e por não saber dizer palavras tão meigas, nem por dispensar tantas atenções refinadas como o irmão. Mas dessa vez, não conseguiu encontrar em si mesmo nenhum pecado contra a amizade; pois, naquele dia, para vir até sua casa, ele havia renunciado a uma bela pescaria de lagostim que os rapazes de Priche tinham organizado, durante toda a semana, e na qual lhe prometiam muita diversão, se quisesse ir com eles. Tinha resistido, portanto, a uma grande tentação e, nessa idade, era muito. Depois de ter chorado bastante, parou para escutar alguém que também chorava, não muito longe dele, e que falava sozinho, como é o costume das mulheres do campo quando estão muito aflitas. Landry logo compreendeu que era sua mãe e correu até ela.

— Ai! meu Deus — dizia ela, soluçando —, por que será que esse menino me dá tantas preocupações? Ele vai causar minha morte, com toda a certeza.

— Sou eu, mãe, que a preocupo tanto? — exclamou Landry, jogando-se em seus braços. — Se sou eu, me castigue e não chore mais. Não sei em que pude aborrecê-la, mas mesmo assim imploro seu perdão.

Nesse momento, a mãe reconheceu que Landry não tinha o coração duro como tantas vezes havia imaginado. Abraçou-o com força e, sem saber bem o que ia falando, de tão aflita que estava, disse-lhe que era Sylvinet, e não ele, de quem se queixava; com relação a ele, confessou que às vezes tivera uma ideia injusta e que ora lhe pedia desculpas. Mas Sylvinet lhe parecia estar enlouquecendo e isso a deixava imersa na inquietude, ainda mais que tinha partido, sem comer, antes do amanhecer. O sol estava começando a se pôr e ele não voltava. Fora visto ao meio-dia pelos lados do rio e, por fim, a senhora Barbeau temia que ele tivesse se jogado ali, para terminar com seus dias.

---

(4) Dança regional da França (pronuncia-se *burrê*), especialmente do maciço montanhoso central do país, mas muito difundida e praticada nos séculos XVII e XVIII (N.T.).

8

Essa ideia de que Sylvinet pudesse ter tentado o suicídio, passou da cabeça da mãe para a de Landry com a facilidade como uma mosca cai numa teia de aranha, e ele se pôs imediatamente a procurar o irmão. Correndo, cheio de aflição, ia dizendo para si mesmo: "Talvez minha mãe tivesse razão ao me censurar, outrora, por meu coração duro. Mas, a essa hora, o de Sylvinet deve estar bem doente para causar toda essa dor à nossa pobre mãe e a mim."

Correu em todas as direções sem encontrá-lo, chamando-o sem que ele respondesse, perguntando a todos, sem que ninguém pudesse lhe dar notícias. Finalmente, chegou ao prado do juncal e entrou, porque se lembrou de que havia ali um lugar de que Sylvinet gostava. Era um grande barranco que o rio tinha escavado, arrancando dois ou três amieiros que haviam caído atravessados por sobre a água com as raízes para o ar. O senhor Barbeau não quisera retirá-los. Ele os havia poupado porque, da maneira como haviam caído, ainda retinham a terra que ficava presa, em grandes porções, em suas raízes, e isso era conveniente, porque, todos os invernos, as águas causavam muitos estragos no juncal e todo ano iam erodindo um pedaço do prado.

Landry se aproximou, portanto, do barranco, porque ele e o irmão costumavam chamar esse lugar de *seu juncal*. Não se deu ao trabalho de contornar o canto onde eles próprios haviam feito uma pequena escadaria de torrões de grama apoiados em pedras e em grossas raízes que emergem da terra e brotam. Saltou do mais alto que pôde para chegar rapidamente ao fundo do barranco, porque havia à beira da água tantos galhos e arbustos mais altos do que ele, que, se o irmão estivesse lá embaixo, não teria podido vê-lo, a menos que entrasse no local.

Entrou ali, portanto, muito emocionado, pois ainda tinha na cabeça o que sua mãe lhe dissera, que Sylvinet estava num estado de querer acabar com seus dias. Passou e repassou no meio de todos os arbustos, sacudia todas as pequenas plantas e juncos, chamando Sylvinet, assobiando para o cachorro que, sem dúvida, o havia seguido, pois não fora visto em casa o dia todo, bem como seu jovem dono.

Mas foi em vão que Landry chamou e procurou. Encontrou-se sozinho no fundo daquele barranco. Como era um rapaz que sempre fazia bem as coisas e pensava em tudo o que devia ser feito, passou a examinar todas as margens para ver se encontrava alguma pegada ou algum pequeno deslizamento de terra que não estivesse ali há mais tempo.

Foi uma busca bem triste e também muito complicada, pois fazia cerca de um mês que Landry não tinha mais voltado ao local, e pouco lhe valia que o conhecesse como a palma da mão, pois era impossível que não tivesse havido alguma pequena mudança. Toda a margem direita era gramada e, mesmo em todo o fundo do barranco, os juncos e as ervas haviam crescido tão vigorosamente na areia que não era possível vislumbrar um cantinho do tamanho de um pé para encontrar uma pegada. Porém, de tanto ir e voltar, Landry encontrou no fundo o rastro do cachorro e até um lugar de grama pisada, como se Finot ou qualquer outro cachorro de seu tamanho ali tivesse se deitado.

Isso lhe deu muito que pensar e foi examinar uma vez mais a margem do riacho. Julgou encontrar uma marca bem recente, como se uma pessoa a tivesse feito com o pé, ao dar um impulso para saltar ou ao escorregar; embora essa marca não fosse clara, pois poderia muito bem ser obra desses grandes ratos de banhado que se alimentam, cavam e roem em semelhantes lugares; ficou tão aflito que suas pernas tremiam e se pôs de joelhos, como se fosse se recomendar a Deus.

Ficou assim um pouco, sem força nem coragem para ir dizer a alguém aquilo que tanto o angustiava e olhando para o rio com os olhos cheios de lágrimas, como se quisesse lhe pedir contas do que tinha feito com o irmão.

E durante esse tempo todo, o rio deslizava tranquilamente, contorcendo-se entre os ramos que pendiam e mergulhavam ao longo das margens, e escorrendo no meio das terras, com leve ruído, como alguém que ri e zomba em surdina.

O pobre Landry se deixou invadir e dominar pela ideia de desgraça de modo tão intenso que parecia perder a razão; e, de uma leve aparência que bem podia não ser presságio de nada, fazia um caso de total desespero.

"Esse rio perverso que não diz uma palavra", pensava ele, "e que me deixaria aqui chorando um ano a fio, sem me devolver meu irmão, que está bem ali no local mais profundo; e caíram tantas cascas de árvore desde os tempos em que vem arruinando esse prado que, caso alguém entrasse nele, nunca mais conseguiria sair. Meu Deus! Será que meu pobre irmão gêmeo está ali, no fundo da água, deitado a dois passos de mim, sem que eu possa vê-lo ou encontrá-lo no meio dos galhos e dos juncos, mesmo que eu tentasse descer até lá?"

Em seguida, se pôs a chorar seu irmão e a repreendê-lo. Nunca em sua vida tinha sentido semelhante pesar.

Por fim, ocorreu-lhe a ideia de ir consultar uma viúva, que todos chamavam de tia Fadet e que morava justamente na extremidade do juncal, muito perto do caminho que desce até o vau. Essa mulher, que não tinha terras nem outro bem, a não ser seu pequeno jardim e sua casinha, não mendigava, contudo, seu pão, por causa do grande conhecimento que possuía dos males e incômodos das pessoas; e de todos os lados, acorria gente para consultá-la. Tratava *com segredo*; é como quem dissesse que, por meio do *segredo*, ela curava feridas, torceduras e outros males. Induzia as pessoas a acreditar nela, porque curava doenças que nunca se teve, como o desprendimento do estômago ou a queda do diafragma. De minha parte, nunca acreditei plenamente em todos esses acidentes, nem ponho muita fé no que se dizia dela; por exemplo, que era capaz de fazer passar o leite de uma vaca boa para o corpo de uma vaca ruim, por mais velha e desnutrida que esta última fosse.

Mas quanto aos bons remédios que ela conhecia e que aplicava ao resfriamento do corpo; quanto aos emplastros soberanos que colocava em cortes e queimaduras; quanto às poções que preparava contra a febre, não havia dúvida de que ela ganhava legitimamente seu dinheiro, porquanto ela curou muitos doentes que os médicos teriam feito morrer, se tivessem ministrado os remédios deles. Pelo menos era isso que ela dizia e aqueles que tinha salvado preferiam acreditar nela do que arriscar-se com os médicos.

Como, nas regiões do interior, alguém nunca é grande sabedor sem ser visto um pouco como feiticeiro, muitos pensavam que tia Fadet sabia muito mais do que queria revelar e lhe era atribuída a capacidade de encontrar objetos e até mesmo pessoas perdidas; finalmente, pelo fato de ela ser inteligente e perspicaz na forma de ajudar as pessoas a sair de uma dificuldade em muitas situações possíveis, inferia-se que ela poderia fazer também outras coisas impossíveis.

Como as crianças escutam de bom grado todo tipo de histórias, Landry tinha ouvido dizer em Priche, onde as pessoas são notoriamente crédulas e mais simples do que em Cosse, que tia Fadet, por meio de certa semente que ela jogava na água, proferindo algumas palavras, era capaz de levar a encontrar o corpo de uma pessoa afogada. A semente flutuava e deslizava por sobre a água e, onde se pudesse vê-la parar, com certeza era ali que se encontrava o pobre corpo. Muitos há que pensam que o pão bento tem a mesma virtude, e dificilmente há moinho em que não se conserve um pouco dele para esse efeito. Mas Landry não tinha desse pão bento; tia Fadet morava bem ao lado do juncal e a dor não dá muita chance à razão.

Lá se foi ele, portanto, correndo até a residência de tia Fadet para lhe contar seu problema, suplicando-lhe para que fosse com ele até o barranco, a fim de tentar, por meio de seu segredo, levá-lo a encontrar o irmão, vivo ou morto.

Mas tia Fadet, que não gostava de ver exagerada sua reputação e que não expunha de bom grado seus talentos por nada, zombou dele e o despediu até de modo bastante ríspido, porque não tinha gostado de que tivessem recorrido, em outras ocasiões, à parteira Sagette, e não a ela, para assistir as mulheres grávidas da Bessonnière.

Landry, que era um pouco orgulhoso por natureza, talvez se tivesse queixado ou zangado em outro momento: mas estava tão acabrunhado que não disse uma palavra e voltou para o lado do barranco, determinado a entrar na água, embora não soubesse mergulhar nem nadar. Mas, enquanto caminhava de cabeça baixa e olhos fixos no chão, sentiu alguém batendo em seu ombro e, virando-se, viu a neta da tia Fadet, que na região era chamada de *pequena Fadette*, tanto por refletir o sobrenome dela como porque todos achavam que ela fosse também um pouco feiticeira. Todos sabem que o *fadet* ou *farfadet*, que em outros lugares também é chamado de *follet*, é um duende muito simpático, mas um pouco malicioso.

Chamam-se também *"fades"* as fadas, nas quais, por esses lados, quase ninguém mais acredita. Mas que isso se referisse a uma pequena fada, ou à companheira do duende, todos, ao vê-la, imaginavam ver o duende, tão pequena, magra, desgrenhada e ousada ela era. Era uma menina tagarela ao extremo e zombeteira, alegre como uma borboleta, curiosa como um pintarroxo e escura como um grilo.

E quando comparo a pequena Fadette com um grilo, é para dizer que bonita ela não era, porque esse pobre e pequeno *cricri* dos campos é ainda mais feio que o das chaminés. Mas se acaso se lembram de ter sido crianças e de ter brincado com ele, fazendo-o enraivecer e gritar ao ser preso dentro de um calçado, devem saber que ele tem uma carinha que não é nada tola e que dá mais vontade de rir do que ficar com raiva. Por isso as crianças de Cosse, que não são mais bobas do que as outras e que, assim como as outras, observam as semelhanças e inventam comparações, chamavam a pequena Fadette de *grelet* (grilinho), quando queriam enraivecê-la, mas às vezes até por amizade; pois, temendo-a um pouco por sua malícia, não a detestavam, uma vez que ela lhes contava todo tipo de histórias e sempre lhes ensinava novos jogos, que tinha o dom de inventar.

Mas todos os seus nomes e apelidos me fariam esquecer aquele que ela recebeu no batismo e que talvez todos gostariam de saber. Seu nome era Françoise (Francisca); por isso é que sua avó, que não gostava de mudar os nomes, sempre a chamava de Fanchon.

Como, desde longa data, havia um ressentimento entre as pessoas da Bessonnière e tia Fadet, os irmãos gêmeos não falavam muito com a pequena Fadette, mantendo até mesmo certa distância, e nunca haviam brincado de bom grado com ela, nem com o irmão mais novo dela, o *gafanhotinho*, que era ainda mais seco e malicioso que a irmã, e que ficava sempre agarrado a seu lado, zangando-se quando ela corria sem esperar por ele, atirando-lhe pedras quando ria dele, ficando com uma raiva maior que seu tamanho e deixando-a mais zangada do que ela queria, pois a menina era de temperamento alegre e levada a rir de tudo.

Mas tal era a opinião sobre tia Fadet que alguns, e notadamente os da casa do senhor Barbeau, imaginavam que o *grilinho* e o *gafanhotinho*[5] ou, se preferirem, o *grilo* e o *gafanhoto*, lhes dariam azar, se fizessem amizade com eles. Isso não impedia que essas duas crianças conversassem com eles, pois não tinham vergonha, e a pequena Fadette nunca deixava de abordar os *gêmeos da Bessonnière*, com todo tipo de gracejos e bobagens, por mais distante que os visse caminhando em direção a ela.

---

(5) A autora usa os termos "grelet" e "sauteriot", que são alterações de forma diminutiva de "grillon" (grilo) e de "sauterelle" (gafanhoto); a tradução "grilinho" e "gafanhotinho, gafanhotozinho", ou simplesmente "gafanhoto", respeita o uso desses vocábulos no texto original francês (N.T.).

9

Ora, o pobre Landry, voltando-se, um pouco aborrecido com o toque que acabara de receber no ombro, viu a pequena Fadette e, não muito longe atrás dela, Jeanet, o gafanhotinho, que a seguia mancando, visto que era trôpego e de pernas tortas de nascença.

De início, Landry não quis dar-lhe atenção e seguiu seu caminho, pois não estava disposto a rir, mas Fadette lhe disse, batendo-lhe no outro ombro:

— Ao lobo! Ao lobo! O gêmeo feio, metade de garoto que perdeu sua outra metade!

Com isso, Landry, que não estava mais aguentando ser insultado bem como importunado, voltou-se de repente e deu um soco na pequena Fadette, que a teria machucado, se ela não tivesse se esquivado, pois o gêmeo estava com seus quinze anos e não era maneta; e ela, que estava quase com quatorze, tão miúda e tão pequena, que ninguém lhe daria doze; e só de vê-la se pensaria que iria se quebrar, por pouco que fosse tocada.

Mas ela era muito astuta e muito alerta para esperar pelos golpes, e o que perdia em força, em jogos de mão, ganhava em rapidez e em esperteza. Saltou de lado tão rapidamente que por muito pouco Landry não bateu com o punho e com o nariz contra uma grossa árvore que estava entre os dois.

— Maldito grilinho — disse então o pobre gêmeo, furioso. — É preciso não ter coração para vir irritar alguém que está sofrendo como eu. Faz muito tempo que queres me provocar maliciosamente, chamando-me de metade de rapaz. Hoje tenho realmente vontade de quebrar em quatro a ti e a teu horroroso gafanhoto, para ver se os dois chegam a fazer a quarta parte de algo de bom.

— Ora, ora, belo gêmeo da Bessonnière, senhor do juncal das margens do rio — replicou a pequena Fadette, sempre zombando. — Tu és bem tolo ao ficar de mal comigo que vinha te dar notícias de teu irmão gêmeo e dizer-te onde poderás encontrá-lo.

— Isso já é outra coisa — disse Landry, acalmando-se bem depressa. — Se tu o sabes, Fadette, diz onde ele está e eu ficarei muito contente.

— A essa hora, não existe nem Fadette nem grilinho para te deixar contente — replicou de novo a menina. — Tu me disseste tolices e terias me batido, se não fosses tão pesado e tão lento. Procura sozinho, portanto, teu doido de irmão gêmeo, visto que és tão esperto para encontrá-lo.

— Sou mesmo um tolo em ficar aqui te escutando, garota malvada — disse então Landry, virando-lhe as costas e voltando a caminhar. — Não sabes mais do que eu onde meu irmão está e nesse ponto não és mais esperta que tua avó, que é uma velha mentirosa e não é lá grande coisa.

Mas a pequena Fadette, puxando por uma pata seu gafanhotinho, que tinha conseguido alcançá-la e se agarrar à sua velha saia manchada de cinza escura, se pôs a seguir Landry, sempre zombando e dizendo que, sem ela, nunca haveria de encontrar o irmão. Tanto que Landry, não podendo se livrar dela, e imaginando que, por alguma feitiçaria, a avó dela ou talvez ela mesma, por alguma ligação com o duende do rio, o impediriam de encontrar Sylvinet, decidiu sair do juncal e voltar para casa.

A pequena Fadette seguiu-o até a porteira do prado e ali, quando ele a passou, ela se empoleirou numa das barras como uma gralha, gritando-lhe:

— Adeus, pois, belo gêmeo sem coração, que deixas o irmão para trás. Vai ser em vão esperá-lo para o jantar; não o verás hoje nem amanhã, pois no local onde está, ele não se mexe mais que uma pedra; e repara que se arma um temporal. Haverá árvores no rio essa noite e o rio carregará Sylvinet tão longe, tão longe, que nunca mais o encontrarás.

Todas essas palavras maldosas, que Landry escutava quase a contragosto, o fizeram suar frio por todo o corpo. Não acreditava em nada do que ela dizia, mas, afinal de contas, a família Fadet tinha reputação de ter tal entendimento com o diabo que ninguém podia ter certeza de que não houvesse nada por trás disso.

— Vamos lá, Fanchon — disse Landry, parando —, podes, sim ou não, me deixar em paz ou me dizer se, de verdade, sabes algo sobre o paradeiro de meu irmão?

— E o que é que me darás se, antes que a chuva comece a cair, te levar a encontrá-lo? — perguntou Fadette, pondo-se de pé sobre a beira da porteira e movendo os braços como se quisesse voar.

Landry não sabia o que poderia lhe prometer e começava a acreditar que ela queria ludibriá-lo, a fim de lhe arrancar algum dinheiro. Mas o vento que soprava nas árvores e os trovões que começavam a ribombar o enchiam como que de uma febre de medo. Não que temesse a tempestade, mas, de fato, esse temporal tinha vindo de repente e de uma forma que não lhe parecia natural.

É possível que, em seu tormento, Landry não o tivesse visto surgir por trás das árvores do rio, tanto mais que, por ter ficado duas horas no fundo do vale, só tinha conseguido ver o céu no momento em que chegou no alto do barranco. Mas, na verdade, não tinha notado a tempestade que se aproximava, a não ser no instante em que a pequena Fadette lhe tinha falado a respeito, e logo a saia dela se inflou; seus feios cabelos negros, saindo da touca, que ela sempre levava mal amarrada e pendendo sobre uma orelha, se haviam eriçado como crina de cavalo; uma forte rajada de vento levou o boné do gafanhoto e foi com grande dificuldade que Landry conseguiu evitar que seu chapéu voasse também.

Então o céu, em dois minutos, ficou completamente escuro, e Fadette, de pé sobre a barra da porteira, parecia-lhe duas vezes mais alta que de costume. Enfim, não há como negar que Landry estava com medo.

— Fanchon — disse ele —, eu me rendo, se me devolveres meu irmão. Talvez o tenhas visto; deves realmente saber onde ele está.

Mostra que és uma boa menina. Não sei qual é a graça que podes achar, vendo-me tão aflito. Mostra-me teu bom coração e acreditarei que és melhor do que podem revelar tua aparência e tuas palavras.

— E por que eu deveria ser uma boa menina para ti? — replicou ela. — Quando me tratas de malvada sem que eu jamais tenha feito algum mal a ti! Por que eu deveria ter bom coração para dois irmãos gêmeos que são orgulhosos como dois galos e que nunca me deram mostras da menor amizade?

— Vamos, Fadette — tornou Landry. — Queres que eu te prometa alguma coisa? Diz logo o que queres e eu o darei. Queres meu canivete novo?

— Deixa-me vê-lo — disse Fadette, pulando como uma rã ao lado dele.

E quando viu o canivete, que não era feio e pelo qual o padrinho de Landry havia pagado dez vinténs na última feira, ela ficou tentada por um momento; mas logo, achando que era muito pouco, perguntou-lhe se lhe daria a pequena galinha branca, que não era maior do que um pombo e que tinha penas até a ponta dos pés.

— Não posso te prometer a galinha branca, porque é de minha mãe — respondeu Landry.— Mas prometo pedi-la para ti e garanto que minha mãe não vai se recusar, porque vai ficar tão contente em tornar a ver Sylvinet, que nada lhe custará para te recompensar.

— Ótimo! — continuou a pequena Fadette. — E se eu quisesse teu cabritinho de focinho preto, a senhora Barbeau o daria também?

— Meu Deus! meu Deus! quanto tempo levas para te decidir, Fanchon! Olha, vamos acabar logo com isso: se meu irmão está em perigo e se me levares imediatamente até ele, não há em nossa casa galinha nem franga, cabra nem cabrito que meus pais, com toda a certeza, não quisessem te dar em agradecimento.

— Pois bem! Veremos, Landry — disse a pequena Fadette, estendendo a mãozinha seca ao gêmeo, para que ele lhe estendese a dele em sinal de acordo, o que ele não fez sem tremer um pouco, pois nesse momento, ela tinha uns olhos tão afogueados que se diria que era o duende em pessoa. — Não vou te dizer agora o que quero de ti, não o sei ainda, talvez; mas lembra-te bem do que me prometes nessa hora, e se falhares, vou falar a todos que não se pode confiar na palavra do gêmeo Landry. Digo-te até logo agora, mas não te esqueças de que não vou te pedir nada até o dia em que tiver decidido te procurar para te pedir uma coisa que responderá a meu desejo e que tu terás de fazer sem tardar nem pesar.

— Ainda bem! Fadette, está prometido, está confirmado — disse Landry, batendo de leve na mão dela.

— Vamos! — disse ela, toda orgulhosa e contente. — Volta para a margem do rio; desce até ouvir um balido; e onde vires um cordeiro cinza-escuro, logo verás também teu irmão. Se isso não ocorrer como te digo, considero-te dispensado de tua palavra dada.

Em seguida, o *grilinho*, tomando o *gafanhoto* pelo braço, sem se importar que relutava e que se debatia como uma enguia, saltou bem no meio dos arbustos, e Landry não os viu nem os ouviu mais, como se tivesse sonhado. Não perdeu tempo em se perguntar se a pequena Fadette havia zombado dele. De um só fôlego, correu até o fundo do juncal; seguiu até o barranco e ali ia passar adiante, sem descer, porque já havia esquadrinhado o lugar para ter certeza de que Sylvinet não estava ali; mas quando estava se afastando, ouviu o balido de um cordeiro.

"Deus de minha alma", pensou ele, "essa menina falou a verdade. Estou ouvindo o cordeiro. Meu irmão está lá. Mas se está vivo ou morto, não posso saber."

Saltou para o fundo do barranco e entrou na vegetação rasteira. Seu irmão não estava lá; mas, seguindo o curso da água, a dez passos de distância, ouvindo sempre o balido do cordeiro, Landry viu o irmão sentado na outra margem, segurando um cordeirinho na blusa e que, na verdade, era de cor cinza-escura desde a ponta do focinho até a extremidade da cauda.

Como Sylvinet estava vivo e não parecia machucado nem ferido no rosto ou de roupas rasgadas, Landry ficou tão satisfeito que começou a agradecer ao bom Deus em seu coração, sem pensar em lhe pedir perdão por ter recorrido à ciência do diabo para ter essa felicidade. Mas no momento em que ia chamar Sylvinet, que ainda não o via, e parecia não o ouvir, por causa do barulho da água que se agitava sobre as pedras nesse trecho, ele se deteve para observá-lo, pois estava surpreso por encontrá-lo como a pequena Fadette havia predito, bem no meio das árvores que o vento atormentava furiosamente, sem se mover como se fosse uma pedra.

Todos sabem, no entanto, que há perigo em permanecer na margem de nosso rio quando o vento forte sopra. Todas as margens estão minadas por baixo e não há tempestade que não arranque alguns desses amieiros, que sempre têm raízes curtas, a menos que sejam muito grandes e muito velhos, e que poderiam cair muito bem sobre qualquer um inopinadamente. Mas Sylvinet, que não era nem mais ingênuo nem mais tolo que qualquer outro, parecia não atinar com o perigo. Não pensava mais nesse perigo do que se estivesse ao abrigo dentro de um bom celeiro. Cansado de correr o dia todo e de andar ao acaso, se, por sorte, não tinha se afogado no rio, sempre se poderia dizer que se havia afogado em sua dor e em seu despeito, a ponto de ficar ali como um toco, de olhos fixos na correnteza da água, de rosto pálido como uma flor de nenúfar[6], de boca entreaberta como um peixinho bocejando ao sol, de cabelos totalmente emaranhados pelo vento, sem prestar atenção no cordeirinho, que havia encontrado desgarrado nos prados, e do qual tivera pena. Tinha-o agasalhado bem na blusa para levá-lo para casa; mas, no caminho, havia se esquecido de perguntar de quem era o cordeiro desgarrado. Estava com ele no colo e o deixava balir, sem ouvi-lo, embora o pobrezinho balisse com voz desolada e olhasse em derredor com seus grandes olhos claros, surpreso que ninguém de sua espécie o ouvisse, não reconhecendo nem seu prado, nem sua mãe, nem seu estábulo, nesse lugar todo sombreado e coberto de arbustos, diante de uma grande corrente de água que, talvez, lhe causasse muito medo.

---

(6) A autora usa *nape* no original e acrescenta a nota com as palavras *napée, nymphaea, nénufar*, como sinônimos para designar essa flor que, em português, se diz nenúfar, ninfeia (N.T.).

10

Se Landry não estivesse separado de Sylvinet pelo rio, que não é mais largo em todo o seu percurso do que quatro ou cinco metros (como dizemos nesses novos tempos[7], mas que, em alguns lugares, é tão fundo quanto largo, ele teria certamente pulado, sem pensar, no colo do irmão.

Mas como Sylvinet não o via, teve tempo de pensar na maneira como haveria de despertá-lo de seu devaneio e como haveria de persuadi-lo a voltar para casa, porque, se não fosse a ideia fixa desse pobre amuado, Landry poderia muito bem seguir para outro ponto de travessia, mas não teria encontrado tão logo um vau ou uma pinguela para ir ao encontro dele.

Landry ficou pensando um pouco, perguntando-se como seu pai, que tinha bom-senso e prudência por quatro, agiria em semelhante situação; e, a propósito, achou que o senhor Barbeau faria isso com toda a calma e como se não fosse nada, para não mostrar a Sylvinet quanta angústia havia causado e para não lhe provocar demasiado arrependimento nem o encorajar a fazer o mesmo em outro dia de despeito.

Passou então a assobiar como se chamasse os melros para fazê-los cantar, como fazem os pastores quando seguem por atalhos entre arbustos ao anoitecer. Isso fez com que Sylvinet erguesse a cabeça e, vendo o irmão, ficou com vergonha e se levantou rapidamente, acreditando que não havia sido visto. Então Landry agiu como se o visse e disse-lhe, sem gritar muito alto, pois o rio não fazia tanto ruído para impedir que se ouvissem:

— Olá, meu Sylvinet, estás aqui? Eu te esperei a manhã inteira e, vendo que tinhas saído e demoravas a voltar, vim passear por aqui, enquanto aguardava a hora do jantar, quando contava te encontrar em casa; mas uma vez que estás aqui, voltaremos para casa juntos. Vamos descer o rio, cada um numa das margens, e nos encontraremos juntos no vau das Roulettes (era o vau que ficava à direita da casa da tia Fadet).

— Vamos caminhando — disse Sylvinet, tomando no colo o cordeiro que, não o conhecendo há muito tempo, não o seguia de bom grado. Desceram o rio sem se atrever a olhar seguidamente um para o outro, pois receavam dar mostras da mágoa que sentiam de estar zangados e o prazer que tinham por se reencontrar.

De vez em quando, Landry, sempre para parecer não acreditar no rancor do irmão, lhe dizia uma ou duas palavras enquanto caminhava. Perguntou-lhe primeiramente onde havia encontrado aquele cordeirinho e Sylvinet não podia lhe dizer ao certo, pois não queria confessar que tinha ido muito longe e que nem sabia o nome dos lugares por onde tinha passado. Então Landry, notando seu embaraço, disse-lhe:

— Poderás me contar isso mais tarde, pois o vento é forte e não é muito bom ficar debaixo das árvores ao lado da água; mas, por sorte, eis a água do céu que começa a cair e o vento também não vai demorar a soprar.

E dizia consigo mesmo: "Mas a verdade é que o *grilinho* me disse que eu o encontraria antes que começasse a chover. Com toda a certeza, essa menina sabe muito mais do que nós."

Ele não pensava que havia passado um bom quarto de hora se explicando para a tia Fadet, enquanto lhe pedia e ela se recusava a ouvi-lo, e que a pequena Fadette, que ele só tinha visto ao sair da casa, poderia muito bem ter visto Sylvinet durante aquela conversa com a tia Fadet. Enfim, a ideia lhe ocorreu; mas como ela sabia tão bem o que havia de errado com ele quando o abordou, uma vez que não estava lá quando ele se explicava à velha?

Dessa vez não lhe ocorreu a ideia de que já havia perguntado por seu irmão a várias pessoas, a caminho do juncal, e que alguém poderia ter falado dele na frente da pequena Fadette; ou então, que essa pequena poderia ter escutado o final de sua conversa com a avó, escondendo-se, como costumava fazer, para saber tudo o que pudesse satisfazer sua curiosidade.

Por sua vez, o pobre Sylvinet também pensava na maneira como haveria de explicar seu mau comportamento para o irmão e a mãe, porque não esperava pelo fingimento de Landry e não sabia que história lhe contar, ele que nunca tinha mentido em sua vida, e nunca tinha escondido qualquer coisa de seu irmão gêmeo.

Por isso se sentiu bem pouco à vontade ao atravessar o vau, pois tinha vindo até ali sem encontrar nenhum motivo para se livrar do embaraço.

Logo que chegou à outra margem, Landry o abraçou e, a contragosto, o fez com mais força ainda do que de costume; mas se absteve de questioná-lo, pois viu claramente que ele não saberia o que dizer. Levou-o para casa, falando com ele pelo caminho de todo tipo de coisas, menos daquela que preocupava os dois.

Ao passar pela casa da tia Fadet, olhou com atenção, pensando encontrar a pequena Fadette, pois tinha vontade de lhe agradecer. Mas a porta estava fechada e nenhum outro ruído se ouvia senão a voz do *gafanhoto* que berrava, porque a avó tinha batido nele com vara, o que acontecia todas as noites, quer ele merecesse ou não.

Sylvinet ficou com pena ao ouvir esse pirralho chorar e disse ao irmão:

— Essa é uma casa horrível, onde sempre se pode ouvir gritos ou pancadas. Sei muito bem que não há nada de tão ruim e tão caprichoso como esse *gafanhoto*; quanto ao *grilinho*, eu não daria dois vinténs por ele. Mas essas crianças são infelizes por não terem pai nem mãe, obrigadas a ficar na dependência dessa velha bruxa, sempre pronta a maldades, e que não lhes dá nada.

— Não é assim em nossa casa — respondeu Landry. — Nunca apanhamos do pai ou da mãe, e mesmo quando éramos repreendidos por nossas pequenas maldades de criança, era com tanta doçura e bondade que os vizinhos nada ouviam. Há muitos assim que são felizes até demais e não conhecem sua sorte; e, no entanto, a pequena Fadette, que é a criança mais infeliz e maltratada da Terra, está sempre rindo e nunca se queixa de nada.

Sylvinet entendeu a recriminação e se arrependeu de sua falta. Ele já havia se arrependido desde a manhã e vinte vezes teve vontade de voltar para casa. Mas a vergonha o impedia. Nesse momento, sentiu um aperto no coração e chorou sem dizer nada. Mas o irmão o tomou pela mão, dizendo-lhe:

— Olha a chuva, e chuva forte, meu Sylvinet! Vamos correndo para casa.

Então se puseram a correr. Landry tentava fazer o irmão rir, e Sylvinet se esforçava para contentá-lo.

No momento de entrar em casa, porém, Sylvinet tinha vontade de se esconder no celeiro, pois temia que o pai o repreendesse. Mas o senhor Barbeau, que não levava as coisas tão a sério quanto a esposa, contentou-se em brincar com ele; e a senhora Barbeau, a quem o marido tinha sabiamente instruído sobre como devia encarar o fato, tentou esconder o tormento pelo que tinha passado. Só quando estava ocupada a secar os dois gêmeos diante de uma boa fogueira e a lhes servir o jantar, é que Sylvinet viu claramente que ela havia chorado e, de vez em quando, o olhava com ar de inquietação e de pesar. Se tivesse estado a sós com ela, teria pedido perdão, e a teria acariciado tanto que ela teria se consolado. Mas o pai não gostava muito de todos esses afagos e Sylvinet foi obrigado a ir para a cama logo após o jantar, sem dizer nada, porque o cansaço o dominava. Não tinha comido nada o dia todo e assim que engoliu o jantar, de que tanto precisava, sentiu-se tonto e foi obrigado a se deixar despir e deitar por seu irmão gêmeo, que permaneceu ao lado dele, sentado na beira da cama, segurando-lhe uma das mãos.

Quando viu que tinha adormecido, Landry despediu-se dos pais e não percebeu que a mãe o abraçava com mais amor do que das outras vezes. Ainda acreditava que ela não o amava tanto quanto a seu irmão, mas não tinha ciúmes dele, dizendo-se a si mesmo que era menos amável e que tinha apenas a parte que lhe era devida. Sujeitava-se a isso tanto por respeito à mãe quanto por amizade a seu irmão gêmeo que, mais do que ele, precisava de carícias e de consolo.

No dia seguinte, Sylvinet correu para a cama da mãe antes que ela se levantasse e, abrindo-lhe o coração, confessou seu pesar e sua vergonha. Contou-lhe como se sentia infeliz havia algum tempo, não tanto porque estava separado de Landry, mas porque imaginava que Landry não o amava. E quando a mãe o questionou sobre essa injustiça, ele não conseguiu encontrar uma justificativa, porque era como uma doença da qual não podia se defender. A mãe o compreendia melhor do que podia parecer, porque o coração de uma mulher é facilmente tomado por esses tormentos, e ela mesma os havia sentido ao ver Landry tão tranquilo em sua coragem e em sua virtude. Mas dessa vez, reconhecia que o ciúme é prejudicial em todos os amores, mesmo naqueles que Deus mais nos ordena, e ela teve o cuidado de não encorajar Sylvinet a entregar-se a ele. Mas lhe ressaltou a dor que havia causado ao irmão e a grande bondade deste em não se queixar e não se mostrar chocado. Sylvinet também o reconheceu e concordou que seu irmão era um cristão melhor do que ele. Prometeu e tomou a resolução de curar-se, e sua vontade era sincera.

Mas a contragosto e, embora assumisse um ar de consolo e satisfação, embora a mãe lhe tivesse enxugado todas as lágrimas e respondido a todas as suas queixas com razões muito fortalecedoras, embora fizesse todo o possível para agir de modo simples e justo com o irmão, restou em seu coração um fermento de amargura. "Meu irmão", pensava ele, "é o mais cristão e o mais justo de nós dois; minha querida mãe o disse e é verdade; mas se ele me amasse tanto quanto eu o amo, não poderia se submeter como faz." E pensava no aspecto tranquilo e quase indiferente que Landry mostrara ao encontrá-lo à margem do rio. Lembrava-se de como o ouvira assobiar para os melros enquanto o procurava, no momento em que ele pensava realmente em se jogar no rio. Porque se não tivera essa ideia ao sair de casa, tivera-a mais de uma vez, no decorrer da tarde, acreditando que o irmão jamais o perdoaria por tê-lo ludibriado e evitado pela primeira vez na vida. "Se fosse ele que me tivesse feito essa afronta", pensava ele, "eu nunca teria me consolado. Estou feliz por me ter perdoado, mas eu pensava que não haveria de me perdoar tão facilmente." E quanto a isso, esse menino infeliz suspirava combatendo-se e se combatia suspirando.

Como Deus, no entanto, nos recompensa e sempre nos ajuda, por pequena que seja a boa intenção que temos de agradá-lo, aconteceu que

Sylvinet se tornou mais sensato durante o resto do ano. Absteve-se de discutir e de provocar o irmão, que passou, finalmente, a amá-lo mais pacificamente, e sua saúde, que havia sofrido com todas essas angústias, se restabeleceu e se fortificou. O pai o fez trabalhar mais, percebendo que quanto menos ele se ouvia a si mesmo, melhor era. Mas o trabalho que fazemos na casa dos pais nunca é tão duro quanto aquele que fazemos sob mando na casa de estranhos. Por isso Landry, que não se poupava, ficou mais forte e mais musculoso que seu irmão gêmeo.

As pequenas diferenças, que sempre haviam sido observadas entre eles, se tornaram mais perceptíveis e, de suas mentes, passaram para seus semblantes. Landry, depois de completar quinze anos, se tornou mesmo um belo rapaz, e Sylvinet continuou um belo menino, mais magro e menos corado que o irmão. Por isso não eram mais tomados um pelo outro e, embora ainda parecessem dois irmãos, não se percebia mais, à primeira vista, que eram gêmeos. Landry, que era considerado o mais novo, tendo nascido uma hora depois de Sylvinet, parecia aos que os viam pela primeira vez, mais velho de um ou dois anos. E isso aumentava a amizade do senhor Barbeau que, na típica maneira de ver dos camponeses, valorizava acima de tudo a força e o tamanho.

---

(7) Esse adendo da autora, posto entre parêntesis, é uma alusão ao sistema métrico, que foi organizado na França na última década do século XVIII e implantado em 1801, tornando-se seu uso obrigatório a partir de 1º. de janeiro de 1840 (N.T.).

11

Nos primeiros dias que se seguiram à aventura de Landry com a pequena Fadette, o rapaz ficou um tanto preocupado com a promessa que havia feito. No momento em que ela o tinha salvado de sua inquietação, ele teria se comprometido, em nome do pai e da mãe, a dar-lhe tudo o que havia de melhor na Bessonnière. Mas quando viu que o senhor Barbeau não tinha levado muito a sério a traquinagem de Sylvinet nem havia demonstrado maior inquietude, passou a temer que, no momento em que a pequena Fadette viesse reclamar sua recompensa, o pai a fizesse correr dali, zombando de sua bela ciência e da bela promessa que Landry lhe fizera.

Esse medo deixava Landry bastante envergonhado de si mesmo e, à medida que seu pesar se dissipava, acabava por se julgar bem simplório ao ter acreditado ver bruxaria naquilo que lhe tinha acontecido. Não tinha certeza de que a pequena Fadette tivesse zombado dele, mas sentia que poderia haver alguma dúvida quanto a isso, e não conseguia encontrar boas razões a apresentar ao pai, para dar-lhe provas de que tinha feito bem em assumir um compromisso de tão grande importância; por outro lado, não via também como poderia romper esse compromisso, pois havia dado sua palavra e o havia feito com toda a honestidade.Mas, para sua grande surpresa, nem no dia seguinte ao acontecido, nem durante o mês, nem durante a estação, ouviu falar da pequena Fadette na Bessonniere nem em Priche. Ela não se apresentou nem na casa do senhor Caillaud para pedir para falar com Landry, nem na casa do senhor Barbeau para reclamar qualquer coisa. E quando Landry a viu ao longe nos campos, ela não se dirigiu ao encontro dele e pareceu nem lhe dar atenção, o que era contra seu costume, pois corria atrás de todos, seja para olhar por curiosidade, seja para rir, brincar e gracejar com quem estava de bom humor, seja ainda para repreender e criticar quem não estava.

Mas como a casa da tia Fadet se situava igualmente próxima de Priche e de Cosse, poderia acontecer que mais dia menos dia Landry se encontrasse frente a frente com a pequena Fadette numa estrada; e quando a estrada não é larga, não há como não se dar um tapinha ou dizer uma palavra, ao passar.

Certa tarde, a pequena Fadette conduzia seus gansos de volta para casa, sempre com o *gafanhoto* em seus calcanhares. E Landry tinha ido buscar as éguas no pasto e as conduzia tranquilamente de volta para Priche, de maneira que se cruzaram no pequeno caminho, que desce de Croix des Bossons até o vau das Roulettes, e que fica tão apertado entre dois paredões, que não há como se evitar. Landry ficou todo vermelho de medo de que lhe cobrasse o cumprimento da palavra dada e, não querendo dar chance para tanto a Fadette, saltou sobre uma das éguas, tão logo a viu de longe, e esporeou o animal para fazê-lo trotar. Mas como todas as éguas estavam com correntes presas nas patas dianteiras, para não fugir em disparada, a que ele montou não correu mais que as outras por causa disso. Landry, vendo-se bem perto da pequena Fadette, não ousou olhar para ela e fingiu se virar para ver se os potros o seguiam. Quando olhou para a frente, Fadette já o havia ultrapassado e não lhe dissera nada. Nem mesmo sabia se havia olhado para ele e, se com os olhos ou com um sorriso, lhe havia solicitado para lhe dar boa-tarde. Viu apenas Jeanet, o *gafanhoto* que, sempre travesso e malvado, apanhou uma pedra para atirá-la nas pernas de sua égua. Landry teve vontade de lhe dar uma chicotada, mas tinha medo de parar e ter de dar explicações à irmã. Então fingiu não perceber nada e foi embora sem olhar para trás.

Todas as outras vezes que Landry encontrou a pequena Fadette foi mais ou menos igual. Com o passar do tempo, foi se atrevendo a olhar para ela, pois, à medida que vinham chegando a idade e o juízo, passou a não se inquietar mais com um assunto tão insignificante. Mas quando tomou coragem de olhar serenamente para ela, como se esperasse por qualquer coisa que ela quisesse lhe dizer, ficou surpreso ao ver que essa menina virava a cabeça de propósito para outro lado, como se tivesse o mesmo medo que ele tinha dela. Isso o encorajou perante si mesmo e, como era justo de coração, perguntou-se se não havia feito mal de nunca ter lhe agradecido a alegria que, seja pela ciência, seja pelo acaso, lhe havia proporcionado. Tomou a resolução de se aproximar na primeira vez que a visse e, chegado esse momento, deu pelo menos dez passos a seu lado para então tentar lhe dizer bom-dia e conversar com ela.

Mas como ele se aproximasse, a pequena Fadette mostrou-se altiva e quase zangada. Decidindo finalmente olhar para ele, o fez de maneira tão desdenhosa que ele ficou totalmente desnorteado e não ousou lhe dirigir a palavra.

Foi a última vez do ano que Landry a encontrou de perto, porque desse dia em diante, a pequena Fadette, levada por não sei que fantasia, o evitou tão bem que, apenas o enxergava de longe, mudava de direção, entrava numa propriedade ou fazia um grande desvio para não o ver. Landry pensou que estava zangada porque tinha sido ingrato para com ela; mas sua repugnância era tão grande que ele não conseguiu se decidir a tentar alguma coisa para reparar seu erro.

A pequena Fadette não era uma menina como as outras. Não era suscetível por natureza, e mesmo não o era bastante, pois gostava de provocar injúrias ou zombarias, tanto ela tinha consciência de ter a língua bem afiada para responder à altura, além de ter sempre a última palavra e a mais sarcástica. Nunca tinha sido vista de mau humor e era criticada por não ter aquela altivez que convém a uma menina que vai para os quinze anos e começa a desejar ser alguma coisa. Tinha sempre os modos de um menino. Gostava até mesmo de atormentar Sylvinet com frequência, de perturbá-lo e encolerizá-lo, quando o surpreendia em devaneios, aos quais ainda se abandonava. Sempre o seguia por um bom trecho do caminho quando o encontrava; escarnecendo de sua *bessonnerie* e atormentando seu coração, dizendo-lhe que Landry não o amava, e zombando de sua dor. Por isso o pobre Sylvinet, que ainda mais do que Landry acreditava que ela fosse uma bruxa, ficava surpreso por ela conseguir adivinhar seus pensamentos e a detestava de todo o coração. Nutria desprezo por ela e pela família dela e, como ela evitava Landry, ele evitava esse perverso *grilinho* que, dizia ele, mais cedo ou mais tarde seguiria o exemplo da mãe, que tivera péssima conduta, que havia abandonado o marido e, finalmente, tinha seguido os soldados. Partira como vivandeira[8] pouco depois do nascimento do *gafanhoto* e, desde então, nunca mais se ouviu falar dela. O marido tinha morrido de tristeza e de vergonha, e foi assim que a velha tia Fadet fora obrigada a cuidar dos dois filhos, que tratava muito mal, tanto por causa de sua avareza quanto pela idade avançada, que praticamente não lhe permitia vigiá-los e mantê-los limpos.

Por tudo isso, Landry que, no entanto, não era tão orgulhoso como Sylvinet, sentia repulsa pela pequena Fadette e, lamentando ter mantido entendimentos com ela, tomava todo o cuidado para que ninguém chegasse a sabê-lo. Escondeu o fato até mesmo de seu irmão gêmeo, não querendo lhe confessar a inquietante preocupação que tivera por ele; e, por sua vez, Sylvinet lhe escondeu todas as maldades da pequena Fadette para com ele, envergonhando-se de dizer que ela havia adivinhado seus ciúmes.

Mas o tempo ia passando. Na idade de nossos gêmeos, as semanas são como meses e os meses como anos, pelas mudanças que trazem para o corpo e para o espírito. Landry logo esqueceu sua aventura e, depois de ter ficado um pouco atormentado pela lembrança de Fadette, não pensou mais nela, a não ser como se tivesse sido um sonho.

Já fazia cerca de dez meses que Landry havia chegado a Priche e estava se aproximando a festa de São João, época de seu contrato com o senhor Caillaud. Esse bom homem estava tão contente com ele que estava decidido a lhe aumentar o salário antes de vê-lo partir; e Landry não pedia outra coisa senão ficar perto de sua família e renovar seu compromisso com o pessoal de Priche, com quem se dava muito bem.

Sentia até mesmo uma pequena queda por uma sobrinha do senhor Caillaud, de nome Madelon, e que era um belo pedaço de moça. Tinha um ano mais que ele e ainda o tratava um pouco como uma criança; mas isso foi diminuindo dia após dia e, enquanto no início do ano ria dele quando tinha vergonha de abraçá-la nos jogos ou na dança, no final, era ela que corava, em vez de provocá-lo, e não ficava mais sozinha com ele no estábulo ou no paiol. Madelon não era pobre e, com o tempo, um casamento entre eles poderia muito bem ser arranjado. As duas famílias gozavam de boa reputação e eram estimadas em toda a região. Por fim, o senhor Caillaud, vendo essas duas crianças que começavam a se procurar e a se temer, dizia ao senhor Barbeau que poderiam muito bem formar um belo casal e que não havia mal nenhum em deixá-los travar bom e longo conhecimento.

Ficou, portanto, combinado, oito dias antes da festa de São João, que Landry ficaria em Priche, e Sylvinet na casa dos pais, porque este se havia tornado mais razoável e, tendo o senhor Barbeau adoecido com febre, esse filho sabia muito bem como trabalhar as terras. Sylvinet tinha ficado com muito medo de ser mandado para longe, e esse medo tinha agido sobre ele para melhor; pois se esforçava sempre mais para vencer o excesso de sua amizade por Landry, ou pelo menos não o deixar transparecer tanto. A paz e o contentamento haviam, pois, retornado à Bessonnière, embora os gêmeos só se vissem uma ou duas vezes por semana. A festa de São João foi para eles um dia de felicidade; foram juntos à cidade para ver a contratação dos criados da cidade e dos campos, e a festa que se seguiu na grande praça. Landry dançou mais de uma vez com a bela Madelon; e Sylvinet, para agradá-lo, tentou dançar também. Não se saía muito bem; mas Madelon, que se mostrava cheia de atenções, tomava-o pela mão, posicionando-se de frente para ele, a fim de ajudá-lo a marcar o passo; e Sylvinet, encontrando-se assim com o irmão, prometeu aprender a dançar bem, para compartilhar um prazer que, até então, só tinha criticado em Landry.

Não sentia muito ciúme de Madelon, porque Landry ainda se mantinha muito reservado com ela. Além disso, Madelon lisonjeava e encorajava Sylvinet. Ela se sentia confortável com ele, e alguém que não soubesse do que ocorria teria julgado que era esse, dos dois gêmeos, que ela preferia. Landry poderia ter se mostrado ciumento, se não fosse, por natureza, inimigo dos ciúmes; e talvez um não sei o quê lhe dissesse, apesar de sua grande inocência, que Madelon só agia dessa forma para agradá-lo e ter a oportunidade de se encontrar com ele mais vezes.

Tudo correu bem por cerca de três meses, até o dia de Saint-Andoche⁽⁹⁾, que é a festa patronal do povoado de Cosse, e cai nos últimos dias de setembro.

Esse dia, que sempre era para os dois gêmeos uma grande e bela festa, porque havia baile e jogos de todos os tipos sob as grandes nogueiras da paróquia, trouxe para os dois novas aflições que não esperavam.

O senhor Caillaud tinha dado permissão a Landry de ir, desde a véspera, dormir na casa dele, na Bessonnière, a fim de assistir à festa desde manhã cedo. Landry partiu antes do jantar, muito contente por ir surpreender o irmão gêmeo, que só esperava por ele no dia seguinte. Essa é a estação em que os dias começam a ficar curtos e a noite cai mais depressa. Landry nunca tivera medo de nada em plena luz do dia: mas não teria sido de sua idade e de sua região, se gostasse de ficar sozinho à noite nas estradas, especialmente no outono, que é uma estação em que os feiticeiros e os duendes começam a aprontar das suas, porque os densos nevoeiros os ajudam a ocultar suas malícias e seus malefícios. Landry, que costumava sair sozinho a qualquer hora para levar ou buscar os bois, não estava particularmente preocupado naquela noite, mais do que em qualquer outra; mas caminhava depressa e cantava alto, como sempre fazem todos quando está escuro, pois sabem que a canção do homem perturba e afasta os animais e as pessoas más.

Quando chegou no vau das Roulettes, assim chamado por causa dos seixos redondos que há no local em grande quantidade, levantou um pouco as calças nas pernas, porque poderia haver água até acima do tornozelo, e teve muito cuidado para não andar direto em frente, porque o vau corta o rio em diagonal, e à direita e à esquerda dele há buracos perigosos. Landry conhecia tão bem o vau que dificilmente poderia se enganar. Além disso, dali se podia ver, por entre as árvores que estavam despidas de folhas pela metade, a tênue claridade que saía da casa da tia Fadet e, olhando para essa luz, enquanto se caminhasse naquela direção, não havia chance de errar o caminho.

Estava tão escuro debaixo das árvores que Landry, antes de entrar, tateou o vau com um bastão. Ficou surpreso ao encontrar mais água do que o normal, tanto mais que ouvia o rumor das comportas que haviam sido abertas uma hora antes. Como, no entanto, via bem a luz da janela de Fadette, ele se arriscou. Mas depois de dois passos, já estava com água acima dos joelhos e recuou, julgando que havia se enganado. Tentou um pouco mais acima e um pouco mais abaixo, e tanto num ponto como no outro, a água estava mais funda. Não tinha chovido, as comportas ainda rangiam. a coisa era, portanto, bem surpreendente.

(8) Do francês *vivandière*, que deriva do latim *vivenda*, coisas necessárias para viver. O termo designava, nos séculos XVII ao XIX, a mulher que acompanhava os exércitos para vender víveres, bebidas e objetos diversos, de primeira necessidade ou não (N.T.).

(9) Andoche era padre e discípulo de Policarpo (c. 70-157), bispo de Esmirna (cidade da atual Turquia), que por sua vez fora discípulo do apóstolo João. Esse bispo enviou Andoche, junto com outros cristãos, para a França, a fim de proceder à evangelização dos povos que habitavam esse país. Fixou-se na região central da Borgonha, onde sofreu o martírio, mais precisamente na localidade de Saulieu, no ano 177 ou 178. Logo passou a ser cultuado como santo e se tornou patrono de várias cidades e povoados, e a festa de Saint-Andoche (Santo Andoche) se tornou popular, famosa e conhecida em toda a França (N.T.).

12

"Certamente", pensou Landry, "devo ter tomado o caminho errado, pois, nesse ponto, vejo à minha direita a vela de Fadette, que deveria estar à minha esquerda."

Refez o caminho até Croix-au-Lièvre e, nesse ponto, deu a volta de olhos fechados para se desorientar. Quando reparou bem nas árvores e nos arbustos em torno dele, constatou que estava no caminho certo e retornou até o rio. Mas embora o vau lhe parecesse normal, não ousou dar mais do que três passos, porque de repente viu, quase atrás dele, a claridade da casa de Fadette, que deveria estar bem de frente. Voltou para a margem e então lhe pareceu que essa claridade estava onde deveria estar. Entrou novamente no vau, caminhando em diagonal em outro sentido e, dessa vez, ficou com água quase até a cintura. Continuou avançando, no entanto, imaginando que tinha encontrado um buraco, mas que conseguiria sair dele caminhando em direção à luz.

Fez bem em parar, porque o buraco se afundava sempre mais e já tinha água pelos ombros. A água estava muito fria e ficou se perguntando se deveria voltar, pois lhe parecia que a luz tinha mudado de lugar, e até a viu mover-se, correr, saltitar, passar de uma à outra margem e, finalmente, mostrar-se duplicada ao se espelhar na água, onde ela se mantinha como um pássaro batendo as asas e fazendo um pequeno ruído crepitante como faria uma vela de resina acesa.

Dessa vez, Landry ficou com medo e por pouco não perdeu a cabeça. Tinha ouvido dizer que não há nada mais enganador e cruel do que esse fogo, que se diverte em enganar aqueles que olham para ele e em conduzi-los para águas mais profundas, rindo à sua maneira e zombando da angústia deles.

Landry fechou os olhos para não o ver e, virando-se rapidamente, correndo todos os riscos, saiu do buraco e alcançou a margem. Deitou-se então na relva e olhou para o duende que continuava sua dança e sua risada. Era realmente coisa desagradável de ver. Ora girava como um martim-pescador, ora desaparecia completamente. E, outras vezes, crescia tanto, ficando do tamanho da cabeça de um boi, e logo ficava tão pequeno como o olho de um gato. Corria para perto de Landry, girando em torno dele tão velozmente que ele ficava deslumbrado; e, por fim, vendo que não queria segui-lo, voltava a se contorcer no meio dos juncos, onde parecia se zangar e lhe dizer insolências.

Landry não se atrevia a mover-se, porque refazer seus passos não era o meio de fazer o duende fugir. Sabe-se que ele se obstina em correr atrás daqueles que correm e que lhes barra o caminho até que os enlouquece e os faz cair em alguma cilada. Landry tremia de medo e de frio quando ouviu atrás dele uma vozinha muito meiga que cantava:

Duende, duende, pequeno duende,
Toma tua vela e tua corneta;
Tomei minha capa e meu capuz;
Cada duendinha tem seu duende[10].

E imediatamente a pequena Fadette, que se preparava alegremente para atravessar a corrente sem mostrar medo ou espanto pela presença do fogo-fátuo, esbarrou em Landry, que estava sentado no chão, no escuro, e que se retirou xingando nem mais nem menos como qualquer rapaz e proferindo palavras mais que inconvenientes.

— Sou eu, Fanchon — disse depois Landry, levantando-se —, não tenhas medo. Não sou um inimigo.

Falava assim porque tinha medo dela quase tanto quanto do duende. Tinha ouvido sua canção e percebia muito bem que ela estava esconjurando o fogo-fátuo, que dançava e se contorcia como louco diante dela, como se estivesse feliz em vê-la.

— Vejo bem, lindo gêmeo — disse então a pequena Fadette, depois de refletir por um instante —, que me lisonjeias, porque estás meio morto de medo e tua voz treme em tua garganta, nada mais nada menos do que ocorre com a de minha avó. Vamos, homem de pouca coragem, de noite a gente não é tão corajosa como de dia, e aposto que não ousas atravessar a água sem mim.

— Na verdade, acabo de sair dela — disse Landry — e faltou pouco para me afogar. Vais te arriscar, Fadette? Não tens medo de perder o vau?

— Eh! por que haveria de perdê-lo? Mas vejo o que te preocupa — respondeu a pequena Fadette, rindo. — Vamos, dá-me a mão, covarde; o duende não é tão mau quanto pensas e só faz mal aos que têm medo dele. Estou acostumada a vê-lo e nós nos conhecemos.

Então, com mais força do que Landry podia supor que ela tivesse, puxou-o pelo braço e o conduziu para o vau, correndo e cantando:

Tomei minha capa e meu capuz,
Toda duendinha tem seu duende.

Landry não se sentia mais à vontade na companhia da pequena feiticeira do que na do fogo-fátuo. Como, no entanto, preferia ver o diabo sob a forma de um ser de sua própria espécie a um fogo tão furtivo e fugaz, não ofereceu resistência, e logo se tranquilizou ao sentir que Fadette o conduzia tão bem que ele caminhava a seco por sobre as pedras. Mas como ambos andavam depressa, abrindo uma corrente de ar ao fogo-fátuo, eram sempre seguidos por esse meteoro, como o chama o mestre-escola de nosso povoado, que sabe muito sobre essa coisa e que garante que não se deve ter medo dela.

(10) Espécie de aranzel ou letra de historinhas infantis que primam pela rima e, muitas vezes, carecem de verdadeiro sentido; no original francês soa assim: *Fadet, fadet, petit fadet, // Prends ta chandelle et ton cornet, // J'ai pris ma cape et mon capet; // Toute follette a son follet*. A autora brinca com os vários sentidos de *follet*, diminutivo de *fou*, doido, louco, estouvado, com o sentido normal de doidinho, estouvadinho, e *follette* é a forma feminina de *follet*; a autora, no entanto, usa também no texto o termo *follet* como forma reduzida de *esprit follet*, duende, e de *feu follet*, fogo-fátuo, criando uma ambivalência de sentido em toda essa passagem, de modo particular, e em outras; além do mais, faz uso também do vocábulo *fadet* que, no capítulo VIII, explica que é sinônimo regional de *follet*. Constata-se logo adiante que a autora usa os termos *fadet* e *fadette* como sinônimos de *follet* e *follette*. Esses versos, portanto, se prestam a várias traduções, pois não passam de um jogo de palavras (N.T.).

13

Talvez tia Fadet também tivesse algum conhecimento sobre isso e tivesse ensinado à neta a não ter medo desses fogos noturnos; ou então, de tanto vê-los, pois apareciam seguidamente nas proximidades do vau das Roulettes, e era só por grande acaso que Landry ainda não os tinha visto de perto, talvez a pequena imaginasse que o espírito que os soprava não era maldoso e só queria seu bem. Sentindo que Landry tremia todo enquanto o fogo-fátuo se aproximava deles, ela lhe disse:

— Seu ingênuo, esse fogo não queima e se fosses bastante sutil em manuseá-lo, verias que não deixa qualquer sinal.

"É ainda pior", pensou Landry; "fogo que não queima, sabemos o que é: não pode vir de Deus, porque o fogo do bom Deus é feito para aquecer e queimar."

Mas não revelou seus pensamentos à pequena Fadette e, quando se viu são e salvo na margem, teve muita vontade de abandoná-la ali e correr para a Bessonniere. Mas não era de coração ingrato e não quis deixá-la sem lhe agradecer.

— Essa é a segunda vez que me prestas um serviço, Fanchon Fadet — disse ele — e eu não valeria nada, se não te dissesse que me lembrarei disso por toda a minha vida. Eu estava lá como um louco quando me encontraste; o fogo-fátuo me havia esgotado e enfeitiçado. Eu nunca teria cruzado o rio ou então nunca teria saído dele.

— Talvez o tivesses atravessado sem dificuldade nem perigo, se não fosses tão tolo — respondeu Fadette. — Eu nunca teria acreditado que um rapaz de teu tamanho, que está perto dos dezessete anos e que não tardará a ter barba no queixo, fosse tão fácil de amedrontar, e fico contente em te ver desse jeito.

— E por que estás contente por me ver assim, Fanchon Fadet?

— Porque não gosto de ti — respondeu ela, em tom de desprezo.

— E por que então não gostas de mim?

— Porque não tenho estima por ti — respondeu ela —; nem por ti, nem por teu irmão gêmeo, nem por teu pai e por tua mãe, que são todos orgulhosos porque são ricos e porque acreditam que só cumprimos com nosso dever ao lhes prestar um serviço. Eles te ensinaram a ser ingrato, Landry, e esse é o pior defeito de um homem, depois daquele de ser medroso.

Landry se sentiu muito humilhado pelas recriminações dessa menina, pois reconhecia que não eram totalmente injustas e respondeu-lhe:

— Se estou em falta contigo, Fadette, culpa-me apenas a mim. Nem meu irmão, nem meu pai, nem minha mãe, nem ninguém de nossa casa teve conhecimento da ajuda que já me deste uma vez. Mas, dessa vez, eles saberão e tu terás uma recompensa exatamente como desejas.

— Ah! Aí estás, todo orgulhoso — retrucou a pequena Fadette —, porque imaginas que, com presentes, podes ficar quite comigo. Pensas que sou como minha avó que, desde que lhe deem algum dinheiro, suporta a desonestidade e as insolências de todos. Pois bem, eu, eu não preciso nem quero teus presentes e desprezo tudo o que possa vir de ti, porquanto não tiveste coragem de encontrar uma palavra de agradecimento e amizade para me dizer, há quase um ano, quando te curei de uma profunda dor.

— Estou em falta, já confessei, Fadette — disse Landry, que não podia deixar de estar surpreso com a maneira como a ouvia raciocinar, pela primeira vez. — Mas é também um pouco culpa tua. Não foi bem bruxaria o fato de me levar a encontrar meu irmão, uma vez que, sem dúvida, tu o tinhas visto enquanto eu conversava com tua avó; e se realmente tivesses bom coração, tu que me recriminas por não o ter, em vez de me fazer sofrer e esperar e em vez de me fazer proferir uma palavra que poderia me levar longe, deverias ter me dito de imediato: "Desce rapidamente pelo prado e o verás à beira da água." Não teria te custado muito, em vez de ter transformado minha dor num jogo desagradável; e foi isso que ditou o preço do serviço que me prestaste.

A pequena Fadette que, no entanto, tinha a resposta pronta, ficou pensativa por um momento. Depois disse:

— Vejo realmente que fizeste o possível para afastar o reconhecimento de teu coração e para imaginar que não me devias nenhum, por causa da recompensa que te obriguei a me prometer. Mas, mais uma vez, teu coração é duro e mau, pois não te fez notar que nada reclamei de ti e que nem sequer te recriminava por tua ingratidão.

— Isso é verdade, Fanchon — disse Landry, que era a própria boa-fé. — Estou errado, senti isso e tive vergonha; deveria ter falado contigo; tive a intenção, mas tu te mostraste com um semblante tão enraivecido que eu não soube como fazer.

— E se tivesses vindo no dia seguinte ao caso, para me dirigir uma palavra de amizade, não terias me encontrado com raiva; saberias imediatamente que eu não queria nenhum pagamento e ficaríamos amigos; ao passo que, a essa altura, tenho uma opinião nada boa a teu respeito e deveria ter deixado desembaraçar-te do fogo-fátuo da maneira que pudesses fazê-lo. Boa-noite, Landry da Bessonnière; vai secar tuas roupas; vai e diz a teus pais: "Sem esse trapo de *grilinho*, eu teria, palavra de honra, bebido muita água esta noite, no rio."

E dizendo isso, a pequena Fadette lhe deu as costas e caminhou para os lados de sua casa, cantando:

*Toma tua lição e teu pacote,
Landry Barbeau, gemeozinho.*[11]

Dessa vez, Landry sentiu como que um grande arrependimento na alma, não que estivesse disposto a qualquer tipo de amizade com uma menina que parecia ter mais inteligência que bondade e cujos maus modos não agradavam nem sequer àqueles que se divertiam com ela. Mas tinha o coração oprimido e não queria ficar com peso na consciência. Correu atrás dela e agarrando-a pela capa, disse:

— Vejamos, Fanchon Fadet. É preciso resolver esse caso e acabar com isso. Tu estás descontente comigo e eu não estou muito contente comigo mesmo. Tens de me dizer o que desejas e amanhã, o mais tardar, o trarei.

— Desejo nunca mais te ver — respondeu Fadette, com toda a rispidez. — E seja lá o que for que me tragas, pode ter certeza de que o jogarei na tua cara.

— Que palavras rudes para alguém que te oferece reparação! Se não quiseres presente algum, pode haver um meio de te prestar serviço e te mostrar com isso que a gente te quer bem e não mal. Vamos lá, diz o que devo fazer para te contentar.

— Então não poderias me pedir perdão e desejar minha amizade? — disse Fadette, parando.

— Perdão, é pedir muito — respondeu Landry, que não conseguia vencer sua altivez em relação a uma garota que não era considerada perante a idade que começava a atingir e que nem sempre se comportava com tanta sensatez como deveria. — Quanto à tua amizade, Fadette, és tão estranhamente construída em teu espírito que não poderia ter grande confiança em ti. Pede, portanto, algo que possa ser dado imediatamente e que eu não seja obrigado a retomar.

— Pois bem — disse Fadette, com voz clara e seca —, será como desejas, Landry. Eu te ofereci o perdão e não quiseste saber. Agora, peço-te o que me prometeste, que é obedecer à minha ordem, no dia em que te for pedido. Esse dia, não vai ser outro senão amanhã, na festa de Saint-Andoche[12], e é isso o que quero: Tu me tirarás para dançar três bourrées depois da missa, duas depois das *Vésperas*[13] e mais duas depois do *Angelus*[14], o que dará sete. E ao longo de todo o dia, desde o levantar até o deitar, não dançarás nenhuma outra bourrée[15] com ninguém, seja menina ou mulher. Se não fizeres isso, saberei que tens três coisas bem feias em ti: ingratidão, medo e falta de palavra. Boa noite, espero por ti amanhã para abrir a dança, na porta da igreja.

E a pequena Fadette, que Landry havia acompanhado até sua casa, puxou o cordão da tranca e entrou tão depressa que a porta se abriu e se trancou, antes que o rapaz pudesse responder uma palavra.

---

(11) No original francês: *Prends ta leçon et ton paquet // Landry Barbeau le bessonnet.* Trata-se de arremedo ou paródia de parte da breve canção transcrita no capítulo anterior (N.T.).
(12) Ver nota 9.
(13) Ofício divino católico celebrado à tarde (geralmente às duas ou três horas), constando quase exclusivamente da recitação ou do canto de alguns salmos (N.T.).
(14) Prece católica recitada em latim, à tardinha, geralmente às 18 horas, precedida pelo toque do sino da igreja, que anuncia(va) o momento da oração, assim chamada porque começa com a palavra *Angelus*, anjo, dessa frase que relembra a anunciação do nascimento de Cristo a Maria, segundo a narrativa do Evangelho de Lucas (1: 26-35): *Angelus Domini nuntiavit Mariae, et concepit de Spiritu Sancto* (O anjo do Senhor anunciou a Maria e ela concebeu do Espírito Santo). Essa frase era seguida pela recitação da Ave-Maria (N.T.).
(15) Dança regional da França (pronuncia-se *burrê*), especialmente do maciço montanhoso central do país, mas muito difundida e praticada nos séculos XVII e XVIII (N.T.).

14

No início, Landry achou a ideia de Fadette tão engraçada que pensou mais em rir do que em se zangar.

"Aí está", disse ele para si mesmo, "uma garota mais louca do que má e mais desinteressada do que se poderia pensar, pois o pagamento não vai arruinar minha família."

Mas, pensando bem, achou que a quitação de sua dívida era mais difícil do que parecia. A pequena Fadette dançava muito bem; ele a tinha visto bambolear as pernas pelos campos ou à beira das estradas, com os pastores, e se agitava como um diabinho, tão vivamente que era difícil acompanhá-la no passo certo.

Mas não era nada bonita e andava tão mal vestida, mesmo aos domingos, que nenhum rapaz da idade de Landry a tiraria para dançar, sobretudo diante de outras pessoas. No máximo, os guardadores de porcos e os rapazes que ainda não tinham feito a primeira comunhão a julgavam digna de ser convidada e as beldades do campo não gostavam de tê-la em suas reuniões dançantes. Landry se sentiu, portanto, bastante humilhado por estar condenado a dançar com essa menina; e quando se lembrou de que tinha feito com que a bela Madelon lhe prometesse dançar pelo menos três *bourrées* com ele, se perguntou como esta suportaria a afronta que seria forçado a lhe fazer, se não a tirasse para dançá-las.

Como estava com frio e fome, e ainda tinha medo de ver o fogo-fátuo atrás dele, tratou de andar depressa, sem pensar muito e sem olhar para trás. Tão logo chegou em casa, enxugou-se e contou que não tinha visto o vau por causa da densa escuridão e que tivera dificuldade em sair da água; mas teve vergonha de confessar o medo que tivera e não falou nem do fogo-fátuo nem da pequena Fadette. Deitou-se, pensando que logo chegaria o dia seguinte para que ficasse se atormentando agora com as consequências desse triste encontro. Mas por mais que fizesse, dormiu muito mal. Teve mais de cinquenta sonhos, nos quais viu a pequena Fadette montada no duende, que tinha a forma de um grande galo vermelho e que segurava, numa das patas, sua lanterna de chifre com uma vela dentro, cujos raios se estendiam sobre todo o juncal. E então a pequena Fadette se transformava num grilo do tamanho de uma cabra, e gritava para ele, com uma voz de grilinho, uma canção que ele não conseguia compreender, mas na qual sempre ouvia palavras com a mesma rima: grilinho, duende, corneta, capuz, duende ou fogo-fátuo, gêmeo, Sylvinet[16]. Estava com a cabeça em frangalhos e a claridade do fogo-fátuo lhe parecia tão viva e tão veloz que, ao acordar, ainda se via às voltas com as manchas ou bolinhas pretas, vermelhas ou azuis, que parecem estar diante dos olhos quando olhamos direta e demoradamente para as órbitas do sol ou da lua.

Landry ficou tão cansado por causa dessa noite de pesadelos que dormiu durante toda a missa e não escutou uma palavra do sermão do padre que, no entanto, elogiou e engrandeceu da melhor maneira as virtudes e as qualidades do bom Saint-Andoche. Ao sair da igreja, Landry se sentia tão alquebrado que tinha esquecido a pequena Fadette. Ela estava, no entanto, diante do pórtico, bem perto da bela Madelon, que se mantinha ali, mais que certa que o primeiro convite para dançar seria feito a ela. Mas quando ele se aproximou para lhe falar, viu-se diante da *grilinho*, que tinha dado um passo à frente, e lhe disse em voz alta, com uma ousadia sem igual:

— Vamos, Landry, tu me convidaste ontem à noite para a primeira dança e espero que não vamos nos esquivar.

Landry ficou vermelho como fogo e, vendo Madelon ficar vermelha também, pelo grande espanto e despeito que sentia com semelhante atitude, ele tomou coragem contra a pequena Fadette.

— É possível que eu tenha prometido dançar contigo, *grilinho* — disse ele —, mas já me havia comprometido com outra antes e tua vez chegará depois que eu tiver cumprido minha primeira promessa.

— Nada disso! — replicou Fadette, com firmeza. — Estás totalmente enganado, Landry. Não prometeste nada a ninguém antes de mim, uma vez que a promessa que estou te cobrando é do ano passado, e não fizeste mais do que renová-la ontem à noite. Se Madelon quer dançar contigo hoje, aqui está teu irmão gêmeo, que é absolutamente igual a ti e que ela tomará em teu lugar. Um vale pelo outro.

— O *grilinho* está certo — interveio Madelon com altivez, tomando a mão de Sylvinet. — Visto que fizeste uma promessa há tanto tempo, tens de cumpri-la, Landry. Para mim, será um imenso prazer dançar com teu irmão.

— Sim, sim, é a mesma coisa — disse Sylvinet, ingenuamente. — Dessa maneira, dançaremos nós quatro.

Era preciso passar por isso para não atrair a atenção das pessoas, e o *grilinho* começou a saltitar com tanto orgulho e agilidade, que jamais uma *bourrée* foi mais bem ritmada ou mais bem executada. Se ela fosse mais elegante e graciosa, teria sido um prazer vê-la, pois dançava maravilhosamente e não havia moça bonita que não quisesse ter sua leveza e seu aprumo; mas o pobre *grilinho* estava tão mal vestido que parecia dez vezes mais feio do que era. Landry, que não ousava mais olhar para Madelon, tão triste e humilhado se sentia diante dela, olhou para sua parceira e a achou muito mais feia do que em seus farrapos de todos os dias; ela julgava que estava bem produzida, mas suas vestes só serviam para fazer rir.

Usava uma touca toda amarelada por ter sido guardada muito tempo e que, em vez de ser pequena e bem enrolada atrás, segundo a nova moda do país, mostrava de cada lado da cabeça duas grandes abas, muito largas e chatas; e na parte posterior da cabeça, a calota caía até o pescoço, o que lhe dava o aspecto de sua avó e lhe deixava a cabeça larga como um vaso sobre um pescoço pequeno e fino como uma vara. Sua saia de lã era curta demais; e como tinha crescido muito durante o ano, seus braços magros e queimados pelo sol, saíam das mangas como duas patas de aranha.

Tinha, no entanto, um avental encarnado de que muito se orgulhava, mas que tinha sido de sua mãe, e do qual nunca tinha sonhado em retirar o babador que, havia mais de dez anos, as jovens tinham deixado de usar. Isso porque ela não era uma daquelas moças elegantes e namoradeiras, pobre menina, não o era bastante e vivia como um menino, sem se preocupar com sua aparência, e só gostava de brincar e rir. Por isso parecia uma velha em roupas de domingo e era desprezada por seu desleixado modo de se arrumar, que não era ditado pela pobreza, mas pela avareza da avó e pela falta de bom gosto da própria menina.

(16) Rimas que fazem sentido somente em francês, como se pode constatar no original: *grelet, fadet, cornet, capet, follet, bessonnet, Sylvinet,* cuja pronúncia francesa é: *grelé, fadé, corné, capé, folé, bessonné, silviné* (N.T.)

15

Sylvinet achava estranho que o irmão se tivesse encantado por essa Fadette, de quem ele não gostava nem um pouco. Landry não sabia como explicar a coisa e bem que queria se esconder embaixo da terra. Madelon estava muito descontente e, apesar da vivacidade com a qual a pequena Fadette forçava as pernas de todos para acompanhá-la, seus semblantes estavam tão tristes que se diria que carregavam o diabo na Terra.

Logo que a primeira dança acabou, Landry esquivou-se e foi se esconder no quintal. Mas depois de poucos instantes, a pequena Fadette, escoltada pelo *gafanhoto*, que, por ter uma pena de pavão e uma bolota de ouro falso presos no boné, estava mais furioso e berrando mais que de costume, veio logo buscá-lo, trazendo consigo um bando de doidivanas mais jovens do que ela, porque as de sua idade dificilmente a frequentavam.

Quando Landry a viu com todas aquelas peraltas, que ela pretendia tomar como testemunhas, em caso de recusa, submeteu-se e conduziu-a sob as nogueiras onde teria gostado de encontrar um lugar para dançar com ela sem ser notado. Felizmente para ele, nem Madelon nem Sylvinet estavam desse lado, nem as pessoas da localidade. E ele quis aproveitar a ocasião para cumprir sua promessa e dançar a terceira *bourrée* com a pequena Fadette. Em torno deles, havia apenas estranhos, que não lhes deram muita atenção.

Assim que terminou a dança, correu à procura de Madelon para convidá-la para a sombra e para saborear um mingau de trigo com ele. Mas ela havia dançado com outros, que lhe haviam arrancado a mesma promessa, e se recusou de modo um tanto altivo. Então, vendo que ele estava parado num canto com os olhos rasos de lágrimas, pois o despeito e o orgulho a tornavam mais bonita do que nunca para ele, e dir-se-ia que todos faziam a mesma observação, ela comeu depressa, levantou-se da mesa e disse em voz alta: "Estão tocando para o canto das Vésperas; com quem é que vou dançar depois?" Ela se havia voltado para o lado de Landry, esperando que ele dissesse imediatamente "Comigo!" Mas antes que ele conseguisse abrir a boca, outros se haviam oferecido, e Madelon, sem se dignar lhe dirigir um olhar de recriminação ou de piedade, foi ao canto do ofício divino com seus novos admiradores.

Mal acabaram de cantar as Vésperas, Madelon saiu com Pierre Aubardeau, seguida de Jean Aladenise e de Étienne Alaphilippe. Os três a tiraram para dançar, um após outro; como era uma moça linda e não desprovida de bens de herança, admiradores não lhe faltavam. Landry a fitava com um canto do olho e a pequena Fadette tinha permanecido dentro da igreja, compenetrada em longas orações; fazia isso todos os domingos, seja por grande devoção, segundo alguns, ou, segundo outros, para melhor esconder seu jogo com o diabo.

Landry ficou muito triste ao ver que Madelon não demonstrava nenhuma preocupação com ele, que estava vermelha de prazer como um moranguinho, consolando-se inteiramente da afronta que ele se vira obrigado a lhe fazer. Então se deu conta do que ainda não lhe havia ocorrido, a saber, que ela podia muito bem sentir certa queda por namoricos e que, em todo caso, não tinha por ele um grande afeto, uma vez que se divertia tão bem sem ele.

É verdade que ele sabia que estava errado, pelo menos aparentemente; mas ela o tinha visto muito chateado embaixo da nogueira e poderia ter adivinhado que havia algo secreto que ele gostaria de poder lhe explicar. Ela pouco se importava, porém, e estava alegre como um cabrito, ao passo que o coração dele se partia de tristeza.

Logo que ela satisfez seus três dançarinos, Landry se aproximou, desejando falar com ela em segredo e se justificar da melhor forma possível. Não sabia como fazer para levá-la um pouco à parte, pois estava ainda na idade em que se tem pouca coragem para lidar com as mulheres; por isso, não encontrando nenhuma palavra apropriada para o caso, tomou-a pela mão para que o acompanhasse; mas ela, com um ar meio de despeito e meio de perdão, lhe disse:

— Pois então, Landry, agora é que vens me tirar para dançar, bem no fim?

— Não é para dançar — respondeu ele, pois não sabia fingir e não pensava mais em faltar com a palavra —, mas para te dizer algo que não podes te recusar a ouvir.

— Oh! se tens um segredo para me contar, Landry, vai ficar para outra ocasião — respondeu Madelon, retirando a mão. — Hoje é dia de dançar e de se divertir. Minhas pernas estão aguentando ainda e, como o *grilinho* acabou com as tuas, vai para a cama se quiseres, eu fico.

Logo a seguir, aceitou o convite de Germain Audoux, que vinha tirá-la para dançar. E quando deu as costas para Landry, este ouviu Germain Audoux dizer a ela, falando dele:

— Aí está um sujeito que parecia acreditar que essa *bourrée* tocava a ele.

— Talvez — disse Madelon, meneando a cabeça —, mas ainda não chegou sua vez.

Landry ficou extremamente chocado com essas palavras e permaneceu perto da pista de dança para observar todos os jeitos de dançar de Madelon, que não eram desconexos, mas tão altivos e provocantes que ficou despeitado; e quando ela retornou dançando para os lados dele, como a fitasse com olhos um tanto zombeteiros, ela não deixou por menos e lhe disse:

— Pois bem, Landry, como não consegues encontrar uma parceira hoje, serás obrigado, meu querido, a retornar ao *grilinho*.

— E voltarei de bom grado — respondeu Landry —, porque se não é a mais bonita da festa, é sempre a que dança melhor.

Em seguida, dirigiu-se para os lados da igreja à procura da pequena Fadette e a trouxe de volta à pista, bem em frente de Madelon, e dançou duas *bourrées* sem deixar o local. Dava gosto ver como o *grilinho* estava orgulhoso e contente! Não escondia sua satisfação, fazendo brilhar seus marotos olhos negros, e erguia a cabecinha com sua grande touca como uma galinha de bela crista.

Mas, infelizmente, seu triunfo irritou cinco ou seis rapazes que, em outras ocasiões, a tiravam para dançar e que, não conseguindo se aproximar dela, eles que nunca se tinham sentido orgulhosos por estar com ela, mas que gostavam muito do jeito dela dançar, começaram a criticá-la, a recriminá-la por seu orgulho e a cochichar em torno dela:

— Vejam só a *grilinha* que julga encantar Landry Barbeau! Grilinha, saltarilha, bruxinha, gata escaldada, possessa — e outras palavras tolas, ao estilo do lugar.

16

E depois, quando a pequena Fadette passava perto deles, puxavam-lhe a manga, estendiam o pé para fazê-la cair, e havia alguns, mais jovens, é claro, e menos educados, que batiam nas abas de sua touca e a faziam virar de uma orelha a outra, gritando: "A touca, a grande touca da tia Fadet!"

O pobre *grilinho* distribuía tapas à direita e à esquerda; mas tudo isso só servia para atrair a atenção sobre ela e as pessoas do lugar começaram a dizer:

— Mas vejam só como nosso *grilinho* está com sorte hoje, pois Landry Barbeau a tira para dançar a todo momento! É verdade que ela dança bem, mas vejam como se acha bonita e se apruma toda, parecendo uma pega.

E falando a Landry, houve alguns que disseram:

— Então ela te enfeitiçou, meu pobre Landry, uma vez que só olhas para ela! Ou será que pretendes te fazer passar por feiticeiro e que logo te veremos levar os lobos para os campos?

Landry ficou aborrecido, mas Sylvinet, que nada via de mais respeitável e mais digno de estima que o irmão, achou-o ainda mais digno ao ver que se convertia em motivo de chacota para tanta gente, e para estranhos, que começavam também a se envolver, a fazer perguntas e a dizer:

— Realmente é um belo rapaz, mas, mesmo assim, que ideia esquisita a dele de escolher a mais feia de todas as moças do lugar.

Madelon veio, com ar de triunfo, para escutar todas essas zombarias e, sem piedade, proferiu essas palavras:

— Que querem? Landry ainda é uma criança e, na idade dele, contanto que se encontre com quem falar, não se repara se é uma cabeça de cabra ou uma pessoa de verdade.

Sylvinet tomou então Landry pelo braço e lhe disse em voz baixa:

— Vamos embora daqui, irmão, ou vamos acabar nos zangando, porque estão te ridicularizando e os insultos que dirigem contra a pequena Fadette recaem sobre ti. Não sei que ideia tiveste hoje de dançar com ela quatro ou cinco vezes seguidas. Parece que estás procurando o ridículo; acaba com essa brincadeira, por favor. Fica bem para ela se expor à rudeza e ao desprezo das pessoas. É o que ela procura, é de seu gosto: mas não do nosso. Vamos embora, voltaremos depois do *Angelus* e tirarás para dançar Madelon, que é uma menina direita. Eu sempre te disse que gostavas demais de dançar e que isso te levaria a fazer coisas sem razão.

Landry o seguiu dois ou três passos, mas se virou ao ouvir grande algazarra; e viu a pequena Fadette, que Madelon e as outras moças tinham entregado à chacota de seus admiradores e que garotos, encorajados pelas risadas dos maiores, acabavam de arrancar a touca da menina com um tapa. Os longos cabelos pretos lhe caíam pelas costas e ela se debatia com raiva e tristeza, pois, dessa vez, não havia dito nada que merecesse ser tão maltratada; chorava de raiva, sem conseguir retomar a touca que um garoto malvado carregava na ponta de uma vara.

Landry achou a coisa totalmente descabida e seu bom coração se rebelou contra a injustiça. Agarrou o menino, tirou-lhe a touca e a vara, com a qual lhe deu um bom golpe no traseiro, voltou para o meio dos outros, que pôs em fuga só ao postar-se diante deles e, tomando o pobre *grilinho* pela mão, devolveu-lhe a touca.

A vivacidade de Landry e o medo dos garotos fizeram os assistentes rir às gargalhadas. Aplaudiam Landry, mas como Madelon tomasse partido contra ele, houve alguns rapazes da idade de Landry, e até mais velhos, que se puseram a rir às custas dele.

Landry havia perdido a vergonha; sentia-se valente e forte, e um não sei o quê do homem feito lhe dizia que cumpria seu dever ao não permitir maltratar, à vista de todos, uma mulher, feia ou bonita, baixinha ou alta, que havia tirado para dançar. Percebeu a maneira como o olhavam do lado de Madelon e foi direto para a frente dos Aladenise e dos Alaphilippe, dizendo-lhes:

— Pois bem! Vocês todos, o que é que têm a dizer sobre isso? Se me convém dar atenção a essa menina, em que isso os ofende? E se estão chocados, por que não se viram de lado, para dizê-lo aos cochichos? Não estou diante de vocês? Será que não conseguem me ver? Disseram por aqui que eu era ainda um menininho; mas não há por aqui um homem ou apenas um garotão que tenha tido coragem de me dizê-lo na cara! Estou esperando que o digam para mim agora e veremos se vão molestar a menina que esse menininho tirou para dançar.

Sylvinet não havia deixado o irmão e, embora não aprovasse o fato de ter provocado essa discussão, estava pronto para o que desse e viesse. Havia ali quatro ou cinco jovens altos que ultrapassavam os gêmeos uma cabeça em altura ; mas, quando os viram tão determinados e como, no fundo, brigar por tão pouco merecia pensar melhor, não trocaram uma palavra e se entreolharam, como que a se perguntar qual deles pretendia medir forças com Landry. Nenhum se apresentou e Landry, que não havia soltado a mão da pequena Fadette, disse-lhe:

— Põe rapidamente tua touca, Fanchon, e vamos dançar, para que eu possa ver se alguém tem coragem de tirá-la de novo.

— Não — disse a pequena Fadette, enxugando as lágrimas. — Já dancei bastante por hoje, e eu te dispenso do resto do trato.

— Não, não mesmo, temos que dançar ainda — retrucou Landry, que estava cheio de coragem e de orgulho. — Não quero que se diga que tu não podes dançar comigo sem ser insultada.

Ele a fez dançar de novo e ninguém lhe dirigiu uma palavra ou um olhar de soslaio. Madelon e seus pretendentes estavam dançando em outro lugar. Depois dessa *bourrée*, a pequena Fadette disse baixinho a Landry:

— Agora chega, Landry. Estou contente contigo e considero que honraste tua palavra. Vou voltar para casa. Podes dançar com quem quiseres esta noite. E ela foi buscar seu irmãozinho, que estava brigando com outros meninos, e foi embora tão depressa que Landry nem pôde ver por onde ela saía.

17

Landry foi para a casa jantar com o irmão. Como este último estivesse muito preocupado com tudo o que tinha acontecido, contou-lhe como tivera dificuldade na noite anterior com o fogo-fátuo e como a pequena Fadette o tinha livrado dele, fosse por coragem ou por magia. E como recompensa, ela lhe havia pedido que a tirasse para dançar sete vezes na festa de Saint-Andoche. Não falou do resto, não querendo que ele soubesse do grande medo que tivera de encontrá-lo afogado no ano anterior, e nisso ele foi sensato, porque essas más ideias que, às vezes, as crianças põem na cabeça voltam logo, se lhes dermos atenção e se falarmos delas.

Sylvinet aprovou a conduta do irmão, por ter cumprido a palavra e lhe disse que o aborrecimento que tivera por causa disso aumentava a estima que lhe era devida. Mas, embora assustado com o perigo que Landry havia corrido no rio, não demonstrou nenhuma gratidão para com a pequena Fadette. Sentia tanta aversão por ela que não quis acreditar que o tivesse encontrado ali por acaso, nem que o tivesse socorrido por pura bondade.

— Foi ela — disse-lhe ele — que invocou o duende para te perturbar o espírito e fazer com que te afogasses; mas Deus não o permitiu, porque tu não estavas e nunca estiveste em estado de pecado mortal. Então, esse malvado *grilinho*, abusando de tua bondade e de tua gratidão, te obrigou a fazer uma promessa que ela sabia ser muito desagradável e prejudicial para ti. É muito má, essa menina. Todas as bruxas gostam de fazer o mal, não há bruxas boas. Ela sabia muito bem que iria te indispor com Madelon e com teus conhecidos mais honestos. Ela também queria que apanhasses; e se, pela segunda vez, o bom Deus não te tivesse defendido contra ela, poderias muito bem ter entrado numa briga feia e levar a pior.

Landry, que de bom grado via as coisas pelos olhos do irmão, pensou que ele poderia estar realmente certo, e não procurou defender a pequena Fadette. Conversaram sobre o fogo-fátuo, que Sylvinet nunca tinha visto e sobre o qual tinha muita curiosidade de ouvir falar, sem, no entanto, desejar vê-lo. Mas não ousaram contar nada à mãe, porque ela tinha medo só de pensar nele; nem ao pai, porque ele ria dessas coisas e já tinha visto mais de vinte deles, sem lhes dar atenção.

As danças deviam continuar até tarde da noite; mas Landry, que estava com o coração pesado, porque estava realmente zangado com Madelon, não quis aproveitar da liberdade que a pequena Fadette lhe havia restituído e ajudou o irmão a buscar os animais no pasto. Como isso o levou a meio caminho de Priche e como estava com dor de cabeça, despediu-se do irmão na beira do juncal. Sylvinet não quis que ele fosse para o vau das Roulettes, com medo de que ali o fogo-fátuo ou o *grilinho* lhe aprontassem mais uma das suas. Fez com que prometesse que tomaria o caminho mais longo e iria passar o rio pela prancha do grande moinho.

Landry fez como o irmão desejava e, em vez de atravessar o juncal, desceu pelo atalho que segue a encosta de Chaumois. Não tinha medo de nada, pois ainda havia barulho da festa no ar. Ouvia ainda as gaitas de fole e os gritos dos que dançavam na festa de Saint-Andoche, e sabia muito bem que os espíritos só se dispõem a fazer suas maldades quando todos estão dormindo.

Quando estava no sopé da encosta, bem à direita da pedreira, ouviu uma voz gemendo e chorando; de início, pensou que fosse o pássaro chamado maçarico-real. Mas à medida que se aproximava, parecia-lhe que eram gemidos humanos e, como seu coração nunca falhava quando se tratava de lidar com seres de sua espécie, sobretudo de prestar-lhes socorro, desceu corajosamente no ponto mais fundo da pedreira.

Mas a pessoa que se queixava silenciou ao perceber que se aproximava.

— Quem está chorando por aqui? — perguntou ele, com voz confiante.

Ninguém respondeu.

— Há alguém doente aí? — perguntou ele, mais uma vez.

E como ninguém respondesse, pensou em ir embora; mas antes quis olhar entre as pedras e os grandes cardos que obstruíam o local, e logo viu, à luz da lua que começava a subir, uma pessoa estendida no chão, com o rosto voltado para o alto, sem se mexer, como se estivesse morta, seja porque não estava bem, seja porque se tivesse atirado ali num momento de grande aflição; e, para não ser notada, não se mexia.

Landry nunca tinha visto nem tocado uma pessoa morta. A ideia de que poderia ser uma lhe causou profunda emoção; mas controlou-se, porque pensou que devia ajudar o próximo e foi decididamente apalpar a mão dessa pessoa estendida que, vendo-se descoberta, levantou um pouco o busto, assim que o viu ao lado. E então Landry se deu conta de que era a pequena Fadette.

18

De início, Landry ficou aborrecido por encontrar sempre a pequena Fadette em seu caminho; mas como ela parecia estar sofrendo, teve compaixão dela. E aqui está o diálogo que se seguiu entre eles:

— Como, grilinho, eras tu que choravas daquele jeito? Alguém te bateu ou te perseguiu de novo, por que te queixas e te escondes?

— Não, Landry, ninguém me molestou depois que tu me defendeste com tanta bravura; e, além disso, não tenho medo de ninguém. Eu me escondia para chorar, e isso é tudo, porque não há nada mais tolo do que mostrar a própria dor aos outros.

— Mas por que tens tanta dor? É por causa das maldades que fizeram contigo hoje? Foi um pouco culpa tua; mas deves te consolar e não te expor mais.

— Por que dizes, Landry, que foi culpa minha? Então é um ultraje que fiz ao desejar dançar contigo? E sou a única menina que não tem o direito de se divertir como as outras?

— Não é isso, Fadette. Não te recrimino por teres insistido em dançar comigo. Fiz o que desejavas e me comportei como devia. Tua culpa é mais antiga, não é de hoje; e se a tiveste, não foi contra mim, mas contra ti mesma, sabes muito bem disso.

— Não, Landry; tão certo quanto amo a Deus, não tenho essa culpa; nunca pensei em mim mesma e, se me culpo de alguma coisa, é por ter causado aborrecimento a ti, contra a minha vontade.

— Não falemos de mim, Fadette, não estou me queixando. Falemos de ti. E como não reconheces defeitos em ti, queres que, de boa-fé e com amizade, te aponte aqueles que tens?

— Sim, Landry, quero, e considerarei essa a melhor recompensa ou a melhor punição que podes me dar pelo bem ou pelo mal que te fiz.

— Pois bem, Fanchon Fadet, visto que falas de modo tão sensato e que, pela primeira vez em tua vida, te vejo meiga e tratável, vou te dizer por que não te respeitam como deveria poder exigir uma moça de dezesseis anos. É que não tens nada de menina e tudo de menino em tua aparência e em teus modos; é que não cuidas de ti mesma. Para começar, não pareces limpa e cuidadosa e te mostras feia por causa de teu modo de vestir e de tua linguagem. Sabes muito bem que os meninos te chamam de um nome ainda mais desagradável do que o de *grilinho*. Eles te chamam muitas vezes de *machinho*. Pois bem, achas apropriado, aos dezesseis anos, não parecer uma moça ainda? Sobes nas árvores como um verdadeiro esquilo e quando pulas sobre uma égua, sem rédeas nem sela, a fazes galopar como se o diabo estivesse montado nela. É bom ser forte e ágil; também é bom não ter medo de nada, e é uma vantagem natural para um homem. Mas, para uma mulher, demais é demais, e parece que fazes isso para te exibir. Por isso te observam, te provocam, gritam para ti como se fosses um lobo. Tens inteligência e respondes com palavras maldosas que fazem rir aqueles a quem não se dirigem. É bom ter mais presença de espírito do que os outros; mas de tanto mostrá-la, cria-se inimigos. És curiosa e, quando surpreendes os segredos dos outros, joga-os na cara deles com muita dureza, logo que tens do que te queixar deles. Isso faz com que sejas temida e qualquer um detesta aqueles que teme. Atribui-se a eles mais mal do que realmente fazem. Enfim, que sejas uma feiticeira ou não, quero crer que tens conhecimentos, mas espero que não tenhas te entregado a espíritos malignos; tentas parecer assim para amedrontar aqueles que te irritam, e com isso, ganhas má reputação. Aqui estão todos os teus defeitos, Fanchon Fadet, e é por causa deles que as pessoas te detestam. Reflete um pouco sobre isso e verás que, se quisesses ser um pouco mais como os outros, todos reconheceriam de bom grado o que tens de melhor que eles em tua inteligência.

— Eu te agradeço, Landry — respondeu a pequena Fadette, com ar muito sério, depois de ter escutado o gêmeo religiosamente. — Tu me disseste mais ou menos o que todo mundo me recrimina e o disseste com muita honestidade e consideração, o que os outros não fazem; mas agora queres que te responda e, para tanto, podes sentar-te a meu lado por um momento?

— O lugar não é dos mais agradáveis — disse Landry, que não se importava muito em ficar com ela e que não deixava de pensar nos feitiços que era acusada de lançar sobre aqueles que não se precaviam.

— Não achas o lugar agradável — continuou ela —, porque vocês, ricos, são difíceis de contentar. Querem um belo gramado para sentar ao ar livre e podem escolher em seus prados e jardins os lugares mais bonitos e a melhor sombra. Mas os que nada têm não pedem tanto ao bom Deus e se contentam com a primeira pedra que encontram para apoiar a cabeça. Os espinhos não ferem seus pés e, no local onde se acomodam, observam tudo o que há de belo e agradável no céu e na Terra. Não há local feio, Landry, para aqueles que conhecem a virtude e a preciosidade de todas as coisas que Deus fez. Eu sei, sem ser uma feiticeira, para que servem as menores ervas daninhas que tu esmagas sob teus pés; e quando conheço seu uso, olho para elas e não menosprezo seu perfume nem sua aparência. Digo-te isso, Landry, para te ensinar logo mais outra coisa que se relaciona com as almas cristãs, bem como com as flores dos jardins e com os espinheiros das pedreiras; é porque, muitas vezes, desprezamos o que não parece nem belo nem bom e assim nos privamos do que é caridoso e salutar.

— Não compreendo muito bem o que queres dizer — atalhou Landry, sentando-se ao lado dela; e ficaram um momento sem falar, porque a pequena Fadette tinha o espírito às voltas com pensamentos que Landry desconhecia e, quanto a ele, apesar de estar com a cabeça um pouco confusa, não podia deixar de sentir prazer em ouvir aquela menina; porque nunca tinha ouvido voz tão meiga e palavras tão bem ditas como as palavras e a voz da pequena Fadette naquele momento.

— Escuta, Landry — continuou ela—, sou mais digna de pena do que de reprovação; e se estou errada com relação a mim mesma, pelo menos nunca estive seriamente errada em relação aos outros; e se o mundo fosse justo e razoável, daria mais atenção a meu bom coração do que a meu semblante feio e às minhas roupas miseráveis. Observa um pouco ou fica sabendo, se não o sabes, qual tem sido minha sorte desde que vim ao mundo. Não te falarei mal de minha pobre mãe, que todos condenam e insultam, embora ela não esteja presente para se defender nem eu possa fazê-lo, eu que não sei bem o que ela fez de errado, nem por que foi impelida a fazê-lo. Pois bem, o mundo é tão mau que logo que minha mãe me abandonou, e como eu ainda a lamentava muito amargamente, ao menor aborrecimento que as outras crianças tinham contra mim, por um jogo, por um nada que se perdoariam entre elas, me recriminavam pela falta que eu tinha de uma mãe e queriam me obrigar a ter vergonha da mãe que me abandonara. Talvez em meu lugar, uma moça sensata, como dizes tu, se humilhasse em silêncio, pensando que era prudente abandonar a causa da mãe e deixar que a insultassem para se preservar de sê-lo. Mas eu, podes ver, eu não podia. Era algo mais forte do que eu. Minha mãe era sempre minha mãe e, seja ela quem for, que eu a encontre ou que nunca mais ouça falar dela, sempre a amarei com todas as forças de meu coração. Por isso, quando me chamam de filha de andarilha e de vivandeira, fico zangada, não por minha causa: sei muito bem que isso não pode me ofender, pois não fiz nada de errado; mas por causa dessa pobre e querida mulher que tenho o dever de defender. E como não posso e não sei defendê-la, vingo-a, dizendo aos outros as verdades que merecem e mostrando que eles não são melhores do que aquela contra quem atiram pedras. Por isso dizem que sou curiosa e insolente, que surpreendo os segredos deles para divulgá-los. É verdade que o bom Deus me fez curiosa, se é ser curiosa desejar conhecer as coisas ocultas. Mas se tivessem sido bons e humanos para comigo, eu não teria pensado em satisfazer minha curiosidade à custa do próximo. Teria limitado minha diversão em conhecer os segredos que minha avó me ensina para a cura do corpo humano. As flores, as ervas, as pedras, as moscas, todos os segredos da natureza teriam sido suficientes para me ocupar e me divertir, eu que gosto de vagar e de remexer por toda parte. Teria ficado sempre sozinha, sem conhecer o tédio, porque meu maior prazer é ir a lugares que ninguém frequenta e ficar ali sonhando com mil coisas de que nunca ouço falar as pessoas que se julgam instruídas e sensatas. Se me deixei atrair pela convivência com meu próximo, foi pela vontade que tinha de prestar serviço com os pequenos conhecimentos que adquiri e dos quais minha própria avó muitas vezes tira seu lucro sem nada dizer. Pois bem, em vez de me agradecerem honestamente por todas as crianças de minha idade cujas feridas e doenças eu curei e a quem ensinei meus remédios sem nunca pedir uma recompensa, fui chamada de feiticeira ou bruxa, e aqueles que vinham humildemente me procurar quando precisavam, mais tarde, na primeira oportunidade, me diziam tolices. Isso me irritava e poderia tê-los prejudicado, porque se sei coisas para fazer o bem, também sei coisas para fazer o mal; e, no entanto, nunca as usei. Não conheço o rancor e, se me vingo com palavras, é porque fico aliviada em dizer imediatamente o que me vem na ponta da língua, e então não penso mais nisso e perdoo, assim que Deus me manda. Quanto a não cuidar de mim mesma nem de meus modos, isso deveria mostrar que não sou tão tola para me julgar bonita, quando sei que sou tão feia que ninguém consegue olhar para mim. Já me disseram isso com muita frequência para que eu o saiba; e, vendo como as pessoas são duras e desdenhosas para com aqueles a quem o bom Deus não foi pródigo, sinto prazer em desagradá-las com minha presença, e me consolo com a ideia de que meu rosto não tinha nada de repulsivo para o bom Deus e para o meu anjo da guarda, os quais não me recriminariam mais do que eu mesma os recrimino por causa disso. Por isso não sou como aqueles que dizem: "Aqui está uma lagarta; que bicho feio! Ah! Como é feia! É preciso matá-la!" Eu não esmago a pobre criatura do bom Deus e, se a lagarta cair na água, estendo-lhe uma folha para salvá-la. E por causa disso dizem que gosto dos animais nocivos e que sou feiticeira, porque não gosto de fazer sofrer uma rã, de arrancar as patas de uma vespa e de pregar um morcego vivo numa árvore. Pobre bicho, digo-lhe, se tivermos de matar tudo o que é feio, eu não teria mais do que tu o direito de viver.

19

Landry ficou, não sei como, emocionado com a maneira pela qual a pequena Fadette falava humilde e tranquilamente de sua feiura e, lembrando-se de seu rosto, que mal via na escuridão da pedreira, disse-lhe, sem pensar em lisonjeá-la:

— Mas, Fadette, tu não és tão feia como pensas ou queres dizer. Há moças muito menos prendadas do que tu e que não são criticadas.

— Que eu seja um pouco mais ou um pouco menos, não podes dizer, Landry, que eu seja uma moça bonita. Não tentes me consolar, porque não me aflijo com isso.

— Nossa! Convenhamos, quem sabe como serias, se te vestisses e te arrumasses como as outras? Há uma coisa que todo mundo diz: é que se não tivesses um nariz tão pequeno, uma boca tão grande e uma pele tão escura, não estarias tão mal assim, porque dizem também que em toda essa região não existe um par de olhos como os teus, e se não tivesses um olhar tão atrevido e tão zombeteiro, todos gostariam de ser bem vistos por esses olhos.

Landry falava assim sem realmente perceber o que estava dizendo. Estava procurando se lembrar dos defeitos e das qualidades da pequena Fadette; e, pela primeira vez, punha nisso uma atenção e um interesse de que não teria se julgado capaz um momento antes. Ela notou isso claramente, mas não deixou transparecer nada, uma vez que era muito esperta para levar a coisa a sério.

— Meus olhos veem bem o que é bom — disse ela — e com pena o que não é. Por isso me consolo em desagradar a quem não me agrada, e mal consigo entender por que todas essas belas moças, que vejo sendo cortejadas, são muito dadas com todos, como se todos fossem do agrado delas. Para mim, se fosse bonita, gostaria de parecer e de me tornar adorável somente para aquele que me conviesse.

Landry pensou em Madelon, mas a pequena Fadette não o deixou fixar-se nesse pensamento e continuou a falar, dizendo:

— Aí está, pois, Landry, todo o meu erro para com os outros, que é o de não lhes pedir compaixão ou indulgência por minha feiura. É de me mostrar a eles sem qualquer artifício para disfarçá-la, e isso os ofende e os leva a esquecer que muitas vezes lhes fiz o bem, nunca o mal. Por outro lado, mesmo que tivesse mais cuidado por mim, onde arranjaria dinheiro para me vestir adequadamente? Acaso já mendiguei, embora não tenha um centavo sequer? Minha avó me dá alguma coisa, a não ser casa e comida? E se eu não sei aproveitar os miseráveis farrapos que minha pobre mãe me deixou, é culpa minha? Tenho culpa se ninguém jamais me ensinou coisa alguma e desde os dez anos estou abandonada sem amor e sem compaixão de ninguém? Sei muito bem a recriminação que me fazem e da qual tiveste a gentileza de me poupar: dizem que tenho dezesseis anos e que bem poderia me empregar, que então teria salário e meios para me manter; mas que o amor pela preguiça e pela vagabundagem me retem junto de minha avó que, no entanto, mal me ama e tem meios para arranjar uma criada.

— Pois bem, Fadette, essa não é a verdade? — disse Landry. — As pessoas te recriminam porque não gostas do trabalho e tua própria avó diz a quem quiser ouvir que seria mais proveitoso para ela ter uma criada em teu lugar.

— Minha avó diz isso porque gosta de ralhar e de se queixar. Quando falo, no entanto, em deixá-la, ela me retém, porque sabe que lhe sou mais útil do que quer admitir. Ela não tem mais os olhos nem as pernas de quinze anos para encontrar as ervas com as quais faz suas beberagens e seus pós, porquanto há algumas que é preciso procurar muito longe e em lugares bem difíceis. Além disso, como já te disse, eu mesma encontro nas ervas virtudes que ela não conhece, e fica surpresa quando preparo certas drogas cujos bons efeitos ela chega a conhecer. Quanto a nossos animais, eles são tão bonitos que muitos se surpreendem ao ver tal rebanho pertencente a pessoas que não têm pastagem a não ser a dos terrenos da comuna. Pois bem, minha avó sabe a quem ela deve as ovelhas de lã tão boa e as cabras de leite tão bom. Ora, ela não quer que eu a deixe e valho para ela muito mais do que lhe custo. Eu amo minha avó, embora ela me trate rudemente e me prive de muita coisa. Mas tenho outro motivo para não a deixar e, se quiser, Landry, vou dizê-lo.

— Pois bem, dize-o então — respondeu Landry, que não se cansava de ouvir Fadette.

— É que minha mãe — disse ela — deixou em meus braços, quando eu ainda tinha dez anos, um pobre bebê muito feio, tão feio como eu, e ainda mais desafortunado, porque é coxo de nascença, raquítico, doentio, torto e sempre triste e maldoso, porque está sempre sofrendo, pobre garoto! E todo mundo o atormenta, o repele e o avilta, meu pobre "gafanhoto"! Minha avó o repreende rudemente e bateria nele com muita força, se eu não o defendesse, fingindo castigar o menino em lugar dela. Mas sempre tomo muito cuidado para não bater de verdade, e ele sabe disso muito bem! Por isso, quando comete uma falta, corre a se esconder em minhas saias e me diz: "Bate em mim antes que minha avó me agarre!" E bato nele de brincadeira e o maroto finge gritar. Além disso, cuido dele. Nem sempre consigo evitar que ande esfarrapado, pobrezinho! Mas quando tenho alguma roupa usada, arrumo-a para vesti-lo. Quando está doente, trato dele, ao passo que minha avó o deixaria morrer, porque não sabe cuidar de crianças. Por fim, procuro conservar a vida desse pobre raquítico, que sem mim seria bem infeliz, e logo estaria debaixo da terra ao lado de nosso pobre pai, que não pude evitar que morresse. Não sei se estou lhe prestando serviço, fazendo-o viver, todo torto e desagradável como é; mas é mais forte do que eu, Landry, e quando penso em procurar emprego para ter algum dinheiro e sair da miséria em que vivo, meu coração se derrete de compaixão e me recrimina, como se eu fosse a mãe de meu "gafanhoto" e como se o visse morrer por minha culpa. Aí tens todos os meus defeitos e deficiências, Landry. Agora, que o bom Deus me julgue; de minha parte, perdoo aqueles que não me conhecem.

20

Landry continuava escutando a pequena Fadette com grande atenção, sem encontrar nada para contradizer seus argumentos. Por último, a maneira como ela falou de seu irmão, o "gafanhoto", produziu nele um efeito, como se, de repente, sentisse amizade por ela e como se quisesse estar do lado dela contra todos.

— Dessa vez, Fadette — disse ele —, quem quer que não te desse razão seria o primeiro a não ter razão, pois tudo o que disseste foi muito bem dito e ninguém haveria de duvidar de teu bom coração e de teu raciocínio correto . Por que não te dás a conhecer pelo que és? Não falariam mal de ti e não poucos te fariam justiça.

— Já te disse, Landry — continuou ela —, não preciso agradar a quem não me agrada.

— Mas se tu o dizes a mim, é porque...

Dizendo isso, Landry parou, surpreso com o que deixou de dizer; e, refazendo-se, continuou:

— Então é porque tens mais estima por mim do que por qualquer outro? Eu julgava, no entanto, que me odiavas porque nunca fui bom para ti.

— É possível que te odiasse um pouco — respondeu a pequena Fadette —, mas se isso aconteceu, não vai mais acontecer a partir de hoje, e vou te dizer por que, Landry. Eu achava que eras orgulhoso, e de fato o és; mas sabes como superar teu orgulho para cumprir teu dever, e por isso tanto maior é teu mérito. Eu te julgava ingrato e, embora o orgulho que te ensinaram te incline a sê-lo, és tão fiel à tua palavra que nada te custa para cumpri-la; enfim, eu te julgava covarde e por isso era levada a te desprezar; mas vejo que tu só tens superstição e que coragem, quando se trata de certo perigo a enfrentar, não te falta. Tu me tiraste para dançar hoje, embora tenhas te sentido muito humilhado. Vieste até, depois das vésperas, me procurar na igreja, no momento em que te havia perdoado de todo o coração, depois de ter feito minha oração, e quando não pensava mais em te atormentar. Tu me defendeste de meninos malvados e provocaste rapazes bem maiores que, sem ti, teriam me maltratado. Finalmente, essa noite, ao me ouvir chorando, vieste até onde eu estava para me ajudar e me consolar. Não penses, Landry, que algum dia vou esquecer essas coisas. Terás, durante toda a tua vida, a prova de que guardo a mais profunda recordação de tudo isso e, por tua vez, poderás me pedir tudo o que quiseres, em qualquer ocasião. Assim, para começar, sei que te machuquei muito hoje. Sim, sei, Landry, sou bastante feiticeira para ter adivinhado, embora esta manhã não suspeitasse. Vai, tem certeza de que tenho mais malícia do que maldade, e que, se eu tivesse sabido que estavas apaixonado por Madelon, não teria feito com que ficasses de mal com ela, como fiz, ao te obrigar a dançar comigo. Divertia-me, concordo, ver que, para dançar com uma feiosa como eu, deixavas de lado uma linda moça; mas eu achava que fosse apenas uma pequena picada em teu amor-próprio. Quando, aos poucos, fui percebendo que era uma verdadeira ferida em teu coração, que, a contragosto, olhavas sempre para o lado de Madelon, e que o rancor dela te dava vontade de chorar, eu chorei também, é verdade! Chorei no momento em que quiseste brigar com os admiradores dela, e tu pensaste que fossem lágrimas de arrependimento. É por isso que eu chorava ainda tão amargamente quando me surpreendeste aqui e é por isso que vou chorar até reparar o mal que causei a um rapaz bom e corajoso como reconheço agora que és.

— E supondo, minha pobre Fanchon — disse Landry, comovido pelas lágrimas que ela começava a derramar novamente —, que foste a causa de eu ficar de mal com uma moça pela qual, segundo dizes, estaria apaixonado, o que poderias fazer então para ficarmos bem novamente?

— Confia em mim, Landry — respondeu a pequena Fadette. — Não sou tão tola para não me explicar como convém. Madelon vai ficar sabendo que todo o mal-estar foi causado por mim. Vou confessar tudo a ela e te deixarei totalmente inocente. Se ela não te demonstrar a mesma amizade amanhã, é porque ela nunca te amou e...

— E que eu não devo lamentar a decisão dela, Fanchon. E como ela nunca me amou, de fato, terias feito algo inútil. Não o faças, portanto, e consola-te pela pequena mágoa que me causaste. Já passou e já estou curado.

— Essas mágoas não se curam tão depressa — respondeu a pequena Fadette; e então, corrigindo-se: — Pelo menos é como dizem. É o despeito que te faz falar, Landry. Depois de dormir, virá o amanhã e ficarás muito triste até fazer as pazes com essa bela moça.

— Talvez — disse Landry —, mas, a essa hora, eu te dou minha palavra de que nada sei e de que não penso nisso. Imagino que és tu que queres me fazer acreditar que tenho muita amizade por ela; e de minha parte, me parece que se eu a tive, era tão pequena que já nem lembro mais. — É engraçado — disse a pequena Fadette, suspirando; — então é assim que vocês, rapazes, amam?

— Nossa! Vocês, meninas, não amam melhor, pois se ofendem com tanta facilidade e se consolam tão depressa com o primeiro que chega. Mas estamos falando de coisas que não conhecemos ainda, pelo menos tu, minha pequena Fadette, que não fazes senão rir dos namorados. Acho que ainda estás brincando comigo, mesmo agora, querendo aplainar minhas divergências com Madelon. Não faças isso, te digo, porque ela pode pensar que eu te encarreguei disso, e ela se enganaria. Além do mais, isso a irritaria talvez ao pensar que me apresento como namorado oficial dela; a verdade é que nunca lhe disse uma palavra de amor e que, se me sentia feliz por estar ao lado dela e tirá-la para dançar, ela nunca me animou a dar-lhe a entender isso com minhas palavras. Por isso, vamos deixar o tempo passar. Ela vai voltar por si mesma, se assim o quiser; e se não voltar, acredito realmente que não vou morrer por isso.

— Sei melhor o que pensas a respeito do que tu mesmo, Landry — replicou a pequena Fadette. — Acredito em ti quando me dizes que nunca revelaste tua amizade a Madelon por palavras: mas só se ela fosse muito ingênua por não a ter reconhecido em teus olhos, especialmente hoje. Como fui a causa do aborrecimento entre vocês dois, devo ser a causa do contentamento também, e esta é a ocasião certa para fazer Madelon compreender que a amas. Cabe a mim fazê-lo e o farei tão bem e apropriadamente que ela não poderá te acusar de ter me encarregado a fazê-lo. Confia na pequena Fadette, Landry, no pobre e feio "grilinho", que não tem o interior tão feio quanto o exterior; e perdoa-me por te atormentar, pois isso te fará um grande bem. Ficarás sabendo que, se é doce ter o amor de uma bela moça, é útil ter a amizade de uma feia, pois as feias são desinteressadas e nada lhes causa despeito nem rancor.

— Que sejas bonita ou feia, Fanchon — disse Landry, tomando-lhe a mão—, creio que já chego a compreender que tua amizade é uma coisa muito boa, e tão boa que o amor, em comparação, talvez seja uma coisa ruim. Tens muita bondade, agora é que o vejo, pois te fiz uma grande afronta, a que não quiseste dar atenção hoje, e quando dizes que me portei bem contigo, descubro que agi de maneira muito desonesta.

— Como assim, Landry? Não sei em que...

— É porque eu não te abracei nenhuma vez ao dançar contigo, Fanchon; e, no entanto, era minha obrigação e meu direito, uma vez que esse é o costume. Eu te tratei como se faz com as meninas de dez anos, que ninguém se abaixa para abraçar e, contudo, tu tens quase a minha idade; não há mais de um ano de diferença. Eu te ofendi, portanto, e se não fosses uma moça tão boa, certamente terias reparado.

— Nem pensei nisso — disse a pequena Fadette; e ela se levantou, pois sentia que estava mentindo e não queria demonstrá-lo. — Olha — disse ela, esforçando-se para ficar alegre —, escuta como os grilos cantam nos trigais ceifados; eles me chamam pelo meu nome, e a coruja está lá me gritando a hora que as estrelas marcam no quadrante do céu.

— Estou ouvindo muito bem e tenho de voltar a Priche; mas antes de me despedir, Fadette, será que não vais me perdoar?

— Mas não te quero mal por isso, Landry, e não tenho de que te perdoar.

— Tem, sim — disse Landry, que sentia uma agitação bem estranha, desde que ela lhe havia falado sobre amor e amizade, com voz tão meiga que a do pintarroxo, que gorjeava enquanto dormia nos arbustos, parecia áspera em comparação com a dela. — Sim, tu me deves um perdão, que é o de me dizer que devo abraçar-te para me reparar por não o ter feito durante o dia.

A pequena Fadette tremeu um pouco; então, retomando logo seu bom humor, disse:

— Queres, Landry, que eu te faça expiar teu erro com uma punição. Pois bem, eu te considero quite, meu rapaz. Foi suficiente ter tirado a feia para dançar; seria coragem demais querer abraçá-la.

— Ora, não digas isso — exclamou Landry, tomando-lhe a mão e o braço.— Creio que querer te abraçar não pode ser punição... a menos que a coisa te magoe e te repugne, vindo de mim...

E, ao dizer isso, teve tanto desejo de abraçar a pequena Fadette que tremia de medo de que ela não consentisse.

— Escuta, Landry — disse-lhe ela, com voz suave e lisonjeira —, se eu fosse bonita, diria que não é o lugar nem a hora para abraçar, assim às escondidas. Se eu fosse namoradeira, pensaria, ao contrário, que é a hora e o lugar, porque a noite esconde minha feiura e não há ninguém aqui para te envergonhar de tua fantasia. Mas como não sou namoradeira nem bonita, eis o que te digo: aperta minha mão em sinal de amizade sincera e ficarei feliz por ter tua amizade, eu que nunca tive uma e que não desejarei outra jamais.

— Pois não! — prosseguiu Landry. — Aperto tua mão de todo o coração, entendes, Fadette? Mas a amizade mais sincera, e é a que tenho por ti, não impede que nos abracemos. Se me negares essa prova, ficarei pensando que ainda tens alguma coisa contra mim.

E tentou abraçá-la de surpresa; mas ela resistiu, e, como persistisse, ela começou a chorar, dizendo:

— Deixa-me, Landry, estás me magoando muito.

Landry se deteve, totalmente surpreso e tão triste por vê-la ainda em lágrimas, que ficou como que despeitado.

— Estou vendo — disse-lhe ele — que não falas a verdade ao dizer que minha amizade é a única que queres ter. Tens uma mais forte que te impede de me abraçar.

— Não, Landry — respondeu ela, soluçando —, mas tenho medo de que, por ter me abraçado à noite, sem me ver, vais me detestar quando tonar a me ver à luz do dia.

— Será que nunca te vi? — retrucou Landry, impaciente. — Será que não te vejo agora? Olha, vem um pouco para cá, para o clarão da lua; posso te ver claramente e não sei se és feia, mas gosto de ti, porque te amo, eis tudo!

E então ele a abraçou, a princípio tremendo todo, e depois voltou a abraçá-la tão efusivamente que ela teve medo e, repelindo-o, disse-lhe:

— Basta! Landry, basta! Parece que estás me abraçando com raiva ou que estás pensando em Madelon. Acalma-te, vou falar com ela amanhã, e amanhã a abraçarás com mais alegria do que posso te dar.

Depois dessas palavras, ela saiu correndo da pedreira e desapareceu com seu passo ligeiro.

Landry estava como que transtornado e teve vontade de correr atrás dela. Pensou três vezes antes de se decidir a descer novamente para a margem do rio. Finalmente, sentindo que o diabo estava atrás dele, se pôs a correr também e só parou em Priche.

No dia seguinte, quando foi ver os bois ao amanhecer, enquanto os tratava e acariciava, pensava consigo mesmo naquela conversa de mais de uma hora que tivera na pedreira de Chaumois com a pequena Fadette, e que lhe parecera apenas um instante. Tinha a cabeça ainda pesada de sono e de fadiga mental por um dia tão diferente daquele que deveria ter passado. Sentia-se muito confuso e como que amedrontado por aquilo que havia sentido por essa moça, que surgia constantemente diante de seus olhos, feia e mal arrumada, como sempre a tinha conhecido. Por momentos, imaginava ter sonhado com o desejo que o levara a abraçá-la e o contentamento que tivera ao apertá-la contra o peito, como se tivesse sentido por ela um grande amor, como se ela de repente lhe tivesse parecido mais bela e mais amável do que qualquer moça sobre a Terra.

"Deve ser mesmo feiticeira, como dizem, embora ela o negue", pensava ele, "pois com certeza ela me enfeitiçou ontem à noite, e nunca, em toda a minha vida, eu senti por pai, mãe, irmã ou irmão, certamente tampouco pela bela Madelon, nem mesmo por meu caro irmão gêmeo Sylvinet, um arrebatamento de amizade como aquele que, durante dois ou três minutos, essa diabinha me causou. Se meu pobre Sylvinet pudesse ter visto o que se passava em meu coração, teria morrido repentinamente de ciúmes. Porque o apego que eu tinha por Madelon não prejudicava meu irmão, ao passo que, se tivesse de ficar somente um dia inteiro transtornado e inflamado como estive por um momento ao lado dessa Fadette, eu me tornaria insensato e não conheceria mais ninguém neste mundo a não ser ela."

E Landry se sentiu como que sufocado de vergonha, de cansaço e de impaciência. Sentou-se na manjedoura dos bois e tinha medo de que a feiticeira lhe tivesse tirado a coragem, a razão e a saúde.

Mas, quando o dia ficou um pouco mais claro e os trabalhadores de Priche já se haviam levantado, eles começaram a caçoar dele por causa de sua dança com o feio "grilinho", e pintaram a menina de maneira tão feia, tão mal constituída, tão mal vestida em suas brincadeiras, que ele não sabia onde se esconder, tanta era a vergonha que tinha, não somente do que tinham visto, mas também do que ele tinha o cuidado de não revelar.

Não ficou zangado, contudo, porque em Priche eram todos seus amigos e não havia maldade em suas provocações. Teve até mesmo a coragem de lhes dizer que a pequena Fadette não era o que pensavam dela, que valia mais que muitas outras moças e que era capaz de prestar excelentes serviços. E por isso caçoaram dele mais ainda.

— A avó, não digo — disseram alguns deles —, mas ela é uma criança que nada sabe; se tiveres um animal doente, não te aconselho a ministrar os remédios dela, porque é uma pequena tagarela que não tem o menor segredo para curar. Mas tem, ao que parece, aquele de enfeitiçar os rapazes, uma vez que tu praticamente não a largaste durante a festa de Saint-Andoche. Farás bem em tomar cuidado, meu pobre Landry, porque logo poderiam te chamar de "grilinho" da "grilinha" e de duende da Fadette. O diabo tomaria conta de ti. O diabo[17] viria puxar nossos lençóis e trançar a crina de nossos cavalos. Seríamos obrigados a mandar te exorcizar.

— Tudo me leva a crer — dizia a pequena Solange — que ele calçou uma de suas meias pelo avesso, ontem de manhã. Isso atrai os feiticeiros, e a pequena Fadette bem que reparou.

---

(17) *Georgeon* (pronuncia-se *jorjôn*), no original francês, que repete o designativo do demônio, do capeta, em certas regiões interioranas da França, refletindo aspectos do folclore local (N.T.).

21

Durante o dia, Landry, ocupado na semeadura dos campos, viu a pequena Fadette passar. Caminhava depressa e ia para os lados de um valo, onde Madelon estava apanhando forragem verde para suas ovelhas. Era hora de desatrelar os bois, porque já haviam trabalhado meio dia; e Landry, enquanto os conduzia ao pasto, continuava observando a pequena Fadette correndo e seguindo com tanta leveza que parecia não pisar na grama. Ele estava curioso para saber o que ela iria dizer a Madelon, e em vez de se apressar para tomar sua sopa, que o esperava no sulco recém-aberto pelo arado, ele seguiu lentamente ao longo do valo, a fim de escutar o que tramavam essas duas jovens. Não podia vê-las e, como Madelon murmurava respostas em voz baixa, não sabia o que estava dizendo; mas a voz da pequena Fadette, embora suave, não deixava de ser menos clara, e ele não perdia nem uma só das palavras dela, ainda que não falasse muito alto. Falava dele a Madelon e lhe dava a conhecer, como havia prometido a Landry, a palavra que ele lhe dera, dez meses antes, de estar às suas ordens para uma coisa que lhe pediria oportunamente. E explicava isso com tanta humildade e com tanta delicadeza que era um prazer ouvi-la. E então, sem falar do fogo-fátuo ou do medo que Landry tivera dele, contou que por pouco ele não se havia afogado, ao errar a localização exata do vau das Roulettes, na véspera da festa de Saint-Andoche. Finalmente, expôs o lado bom de tudo e demonstrou que todo o mal vinha da fantasia e da vaidade que ela tivera de dançar com um belo rapaz crescido, ela que nunca tinha dançado a não ser com garotinhos.

Ao ouvir isso, Madelon, encolerizada, levantou a voz para dizer:

— O que é que me importa tudo isso? Dança toda a tua vida com os gêmeos da Bessonnière, e não penses, *grilinho*, que estejas me causando qualquer aborrecimento nem a menor inveja.

Fadette continuou:

— Não digas palavras tão duras para o pobre Landry, Madelon, pois ele lhe entregou o coração, e se não quiseres aceitá-lo, ele há de ficar mais condoído do que eu poderia imaginar.

E, no entanto, disse-o com palavras tão belas, com um tom tão carinhoso e tecendo tais elogios a Landry, que ele teria gostado de reter todo esse jeito de falar para usá-lo quando se apresentasse a ocasião. E corava de emoção ao ouvir ser elogiado dessa maneira.

Madelon, por sua vez, também ficou surpresa com o gracioso modo de falar da pequena Fadette; mas ela a desdenhava demais para confessá-lo.

— Tens um belo ganido e uma ousadia sem par — replicou ela. — Dir-se-ia que tua avó te ensinou alguma coisa para tentar enfeitiçar as pessoas. Mas eu não gosto de falar com feiticeiras, isso dá azar, e peço que me deixes, *grilinho* malcriado. Encontraste um namorado, guarda-o, minha querida, porque é o primeiro e o último que terá o capricho de gostar de tua cara horrorosa. Quanto a mim, não quero teus restos, mesmo que fosse o filho do rei. Teu Landry não passa de um tolo, e deve ser bem pouca coisa, pois, julgando tê-lo roubado de mim, já vens me implorar para que o retome. Eis pois um belo namorado para mim, do qual nem a pequena Fadette quer saber!

— Se é isso que te ofende — retrucou Fadette, num tom que tocou profundamente o coração de Landry — e se és tão orgulhosa a ponto de não querer ser justa senão depois de ter me humilhado, fica à vontade e calque nos pés, bela Madelon, o orgulho e a coragem do pobre *grilinho* dos campos. Julgas que desdenho Landry e que, se não fosse isso, não viria aqui te pedir para perdoá-lo. Pois bem, fica sabendo, se for de teu agrado, que eu o amo há muito tempo, que é o único rapaz em quem já pensei, e talvez aquele em quem pensarei por toda a minha vida; mas sou mais que sensata e também orgulhosa para pensar em ser, alguma dia, amada por ele. Sei o que ele é e sei o que sou. Ele é bonito, rico e respeitado; eu sou feia, pobre e desprezada. Sei muito bem, portanto, que ele não é para mim, e tu deves ter visto como ele me desdenhava na festa. Fica satisfeita então, pois aquele que a pequena Fadette não se atreve nem sequer a olhar, tu o vês com os olhos cheios de amor. Pune a pequena Fadette zombando dela e tomando-lhe aquele que ela não ousaria disputar contigo. Se não for por amizade para com ele, que seja pelo menos para punir minha insolência; e promete-me que, no momento em que ele voltar para te pedir desculpas, vais recebê-lo de coração aberto e dar-lhe um pouco de consolo.

Em vez de apiedar-se por tamanha submissão e dedicação, Madelon se mostrou muito dura e despediu a pequena Fadette, dizendo-lhe que Landry era exatamente do que ela precisava e que, por sua vez, o achava muito infantil e tolo. Mas o grande sacrifício que Fadette fez de si mesma deu frutos, apesar das grosseiras rejeições da bela Madelon. As mulheres têm o coração feito dessa maneira: um rapaz começa a lhes parecer homem, logo que o veem estimado e mimado por outras mulheres. Madelon, que nunca havia pensado seriamente em Landry, começou a pensar muito nele logo depois de ter dispensado Fadette. Lembrou de tudo o que aquela faladeira lhe tinha dito sobre o amor de Landry e, julgando que Fadette estava tão apaixonada por ele a ponto de ousar confessá-lo a ela, alegrou-se com a possibilidade de se vingar dessa pobre moça.

À noite, foi até Priche, que ficava bem próxima de sua casa e, a pretexto de procurar um de seus animais que se havia misturado nos campos com os de seu tio, fez com que Landry a visse e, com um sinal de olhos, deu-lhe a entender que se aproximasse para conversar.

Landry percebeu isso muito bem; pois, desde que a pequena Fadette se envolveu no caso, ele acabou ficando singularmente mais perspicaz.

"Fadette é feiticeira", pensou ele, "ela me devolveu as boas graças de Madelon e fez mais por mim, numa breve conversa de um quarto de hora, do que eu não teria podido fazer num ano. Ela tem uma cabeça maravilhosa e um coração que o bom Deus não faz com tanta frequência."

E pensando nisso, olhava para Madelon, mas tão tranquilamente que ela se retirou sem que ele ainda tivesse decidido falar com ela. Não que estivesse envergonhado diante dela; sua vergonha havia desaparecido sem que ele soubesse como, mas com a vergonha, foi-se o prazer que tivera em vê-la e também o desejo que tivera de ser amado por ela.

Mal acabou de jantar, fez como se fosse dormir. Mas saltou da cama e saiu pela ruela, deslizou ao longo dos muros e foi direto para o vau das Roulettes. O fogo-fátuo estava lá de novo nessa noite, fazendo-se ver com sua pequena dança. Vendo-o de longe saltitando, Landry pensou: "Tanto melhor, aí está o duende, Fadette não deve estar longe." Atravessou o vau sem medo, sem se enganar de local e foi até a casa de tia Fadet, olhando e rebuscando por todos os lados. Mas ficou ali muito tempo sem ver nenhuma luz e sem ouvir qualquer ruído. Todos se haviam deitado. Ele esperava que o *grilinho*, que saía muitas vezes à noite depois que a avó e seu *gafanhoto* estavam dormindo, estivesse vagando em algum lugar pelos arredores. Começou também, por sua vez, a andar por aí. Atravessou o juncal, foi até a pedreira de Chaumois, assobiando e cantando para se fazer ouvir. Mas encontrou apenas o texugo que fugia para o restolho do trigal e a coruja que chirriava em cima de uma árvore. Teve que voltar para casa sem ter podido agradecer à amiga pelo elegante serviço que lhe tinha prestado.

22

Passou a semana toda sem que Landry conseguisse encontrar Fadette, o que o deixou bastante surpreso e preocupado. "E mais uma vez ela vai pensar que sou ingrato", pensava ele, "e, no entanto, se não a vejo, não é por falta de esperar por ela e de procurá-la. Devo tê-la magoado por abraçá-la, quase contra a vontade dela, na pedreira, mas não o fiz com más intenções nem com a ideia de ofendê-la."

E durante aquela semana pensou mais do que havia pensado em toda sua vida. Não conseguia perceber nada claramente em sua própria mente, mas estava pensativo e agitado, e era obrigado a se forçar a trabalhar, porque nem os grandes bois, nem o arado reluzente, nem a bela terra vermelha, úmida com a chuva fina do outono, eram suficientes para suas contemplações e devaneios.

Na noite de quinta-feira, foi ver seu irmão gêmeo e o encontrou tão preocupado quanto ele. Sylvinet tinha um temperamento diferente do seu, mas às vezes, em contrapartida, igual. Dir-se-ia que adivinhava que alguma coisa havia perturbado a tranquilidade do irmão e, no entanto, estava longe de suspeitar do que pudesse ser. Perguntou-lhe se havia feito as pazes com Madelon e, pela primeira vez, dizendo-lhe que sim, Landry mentiu de propósito. O fato é que Landry não havia trocado uma palavra sequer com Madelon e pensava que lhe falaria no momento oportuno; não havia pressa.

Finalmente, o domingo chegou e Landry foi dos primeiros a aparecer para a missa. Entrou antes que tocassem o sino para seu início, sabendo que a pequena Fadette costumava chegar nesse momento, porque sempre fazia longas orações, de que todos escarneciam. Ele viu uma pequena, ajoelhada na capela da Virgem Maria, e que, de costas, escondia o rosto nas mãos para rezar com mais recolhimento. Era bem essa a postura da pequena Fadette, mas não era seu toucado nem seu feitio, e Landry saiu de novo para ver se a encontrava sob o pórtico, que por esses lados chamam de "trapeira"[18], por causa dos miseráveis andrajosos, que são mendigos maltrapilhos, que ali ficam durante os ofícios divinos.

Os trapos da pequena Fadette foram os únicos que ele não viu; assistiu à missa sem muita atenção; e foi somente no prefácio que, olhando mais uma vez para aquela moça que rezava tão devotamente na capela, a viu levantar a cabeça e reconheceu seu *grilinho*, numa roupa e numa aparência inteiramente novas para ele. Era ainda sua pobre vestimenta, sua saia de tecido de lã, cuja parte dianteira era vermelha, e sua touca de linho sem rendas; mas que ela havia lavado mais de uma vez, recortado e recosturado tudo, ao longo da semana. O vestido era mais longo e recaía mais adequadamente sobre as meias, que eram bem brancas, assim como o toucado, que tinha um formato novo e se prendia delicadamente aos cabelos pretos, bem alisados; seu lenço de pescoço era novo e de uma bela cor amarela suave, que ressaltava sua pele morena. Tinha alongado também o corpete e, em vez de parecer uma peça de madeira vestida, tinha a cintura fina e flexível como o corpo de uma bela abelha. Além disso, não sei com que mistura de flores ou de ervas ela havia lavado o rosto e as mãos durante oito dias, mas seu semblante pálido e suas lindas mãozinhas pareciam tão limpas e suaves como o espinho-branco[19] da primavera.

Landry, vendo-a tão mudada, deixou cair seu livro de orações e, com o barulho que fez, a pequena Fadette se virou completamente e olhou para ele, enquanto ele a fitava ao mesmo tempo. Ela corou um pouco, não mais do que a pequena rosa silvestre; mas isso a fez parecer quase bonita, tanto mais que seus olhos negros, dos quais ninguém jamais tivera nada a dizer, deixaram transluzir um fogo tão vivo que ela parecia transfigurada. E Landry pensou novamente:

"É feiticeira; quis tornar-se bonita de feia que era, e aí está ela linda por milagre." Estava como que transido de medo, mas seu medo não o impedia de ter tanta vontade de se aproximar e falar com ela, que até o final da missa seu coração batia descompassado de impaciência.

Mas ela não olhou mais para ele e, em vez de se pôr a correr e a brincar com as crianças depois da oração, foi embora tão discretamente que mal houve tempo de vê-la tão mudada e tão transformada para melhor. Landry não se atreveu a segui-la, ainda mais que Sylvinet não tirava os olhos dele; mas, depois de uma hora, conseguiu escapar e, dessa vez, como o coração o impelisse e o dirigisse, encontrou a pequena Fadette que vigiava tranquilamente seus animais no pequeno caminho de um baixio, chamado de Traîne-au-Gendarme, porque um gendarme do rei fora morto nesse local pelo povo de Cosse, nos velhos tempos, quando queriam obrigar os pobres a pagar o imposto e a fazer a corveia, contrariamente ao disposto nos termos da lei, que já era bastante dura tal como fora baixada.

---

(18) No original francês, *guenillière*, derivado de *guenille*, trapo, farrapo, andrajo (N.T.).
(19) Planta de copa arredondada, espinhosa, que deita flores brancas com anteras rosa (N.T.).

23

Como era domingo, a pequena Fadette não costurava nem fiava enquanto cuidava de suas ovelhas. Ocupava seu tempo com uma diversão tranquila que as crianças de nossa região levam, por vezes, muito a sério. Procurava o trevo de quatro folhas, que raramente se encontra e que dá sorte a quem consegue pôr as mãos nele.

— Chegaste a encontrá-lo, Fanchon? — perguntou Landry, logo que chegou ao lado dela.

— Eu o encontrei muitas vezes — respondeu ela. — Mas isso não traz boa sorte como se pensa, e de nada me adianta ter três talos deles em meu livro.

Landry sentou-se perto dela, como se fosse começar a conversar. Mas de repente se sentiu mais envergonhado do que nunca tinha se sentido perto de Madelon, e embora tivesse a intenção de dizer muitas coisas, não conseguia proferir uma palavra.

A pequena Fadette também ficou com vergonha, pois se o gêmeo não lhe dizia nada, pelo menos a olhava com olhos estranhos. Finalmente, perguntou-lhe por que parecia surpreso ao olhar para ela.

— A menos que seja — disse ela — porque arrumei minha touca. Segui teu conselho e pensei que, para parecer apresentável, era preciso começar por me vestir de maneira razoável. Por isso não me atrevo a me mostrar, pois tenho medo de que ainda me recriminem e que digam que eu quis me tornar menos feia, sem conseguir.

— Que digam o que quiserem — replicou Landry —, mas não sei o que fizeste para ficar bonita; a verdade é que hoje assim estás, e seria preciso tapar os olhos para não ver.

— Não rias de mim, Landry — retrucou a pequena Fadette. — Dizem que a beleza vira a cabeça das mulheres bonitas e que a feiura é a desolação das feias. Eu estava acostumada a causar medo e não gostaria de me tornar tola, julgando causar prazer. Mas não é disso que vinhas me falar, e espero que me digas se Madelon te perdoou.

— Não venho para te falar de Madelon. Se ela me perdoou, não sei nem estou interessado em saber. Sei somente que tu falaste com ela, e falaste tão bem que devo te agradecer imensamente.

— Como sabes que falei com ela? Ela te contou? Nesse caso, fizeram as pazes?

— Não fizemos as pazes; não nos amamos tanto, ela e eu, para estarmos em guerra. Sei que falaste com ela, porque ela o revelou a alguém que me contou.

A pequena Fadette corou intensamente, o que a deixou ainda mais bonita, pois jamais até esse dia tivera nas faces essa cor sincera de medo e de prazer que embeleza as mais feias; mas ao mesmo tempo ficou inquieta, pensando que Madelon devia ter repetido suas palavras, expondo-a ao ridículo por causa da paixão que havia confessado sentir por Landry.

— O que é que Madelon disse de mim? — perguntou ela.

— Disse que eu era um grande idiota, que não agradava a nenhuma garota, nem mesmo à pequena Fadette; que a pequena Fadette me desprezava, fugia de mim, tinha se escondido a semana inteira para não me ver, embora a semana toda eu tivesse procurado por toda parte para encontrá-la. Eu, portanto, é que sou motivo de riso de todos, Fanchon, porque sabem que eu te amo e que tu não me amas.

— Essas são palavras inconsequentes — respondeu a pequena Fadette, surpresa, pois não era suficientemente feiticeira para adivinhar que, naquele momento, Landry era mais astuto do que ela. — Não acreditava que Madelon fosse tão mentirosa e tão pérfida. Mas temos de perdoá-la, Landry, porque é o ressentimento que a faz falar, e ressentimento é amor.

— Talvez seja — disse Landry. — É por isso que tu não tens ressentimento em relação a mim, Fanchon. Tu me perdoas tudo, porque em mim tu desprezas tudo.

— Eu não merecia que me dissesses isso, Landry; verdade, não o merecia. Nunca fui tão tola para dizer as mentiras que me atribuem. Falei de forma bem diferente com Madelon. O que eu disse era unicamente para ela, mas não podia te prejudicar, e deveria, bem ao contrário, provar-lhe a estima que tinha por ti.

— Escuta, Fanchon — disse Landry —, não vamos discutir sobre o que tu disseste ou que deixaste de dizer. Quero te consultar, sabendo que és muito sensata. Domingo passado, na pedreira, senti por ti, sem saber como isso surgiu em mim, uma amizade tão forte que durante toda a semana não comi nem dormi como devia. Não quero esconder nada de ti, porque com uma jovem tão esperta como tu seria perda de tempo. Confesso, portanto, que tive vergonha de minha amizade na segunda-feira de manhã e teria gostado de ir embora para muito longe, a fim de não recair mais nessa loucura. Mas segunda-feira à noite, já havia recaído nela de tal forma que atravessei o vau à noite, sem me preocupar com o fogo-fátuo, que queria me impedir de te procurar, pois ele ainda estava lá, e quando soltou aquela risada estranha, eu fiz o mesmo, imitando-a. Desde segunda-feira, todas as manhãs, sinto-me como um imbecil, porque todos riem de minha queda por ti e, todas as noites, fico como louco, porque sinto meu afeto por ti mais forte que a falsa vergonha. E agora te vejo tão graciosa e com uma aparência tão sensata que todos ficarão surpresos também e que, antes de quinze dias, se continuas assim, não só me perdoarão por estar apaixonado por ti, mas ainda haverá outros que vão se apaixonar perdidamente também por ti. Não terei, portanto, mérito algum em te amar e tu não me deverás preferência alguma. Mas se te lembras de domingo passado, dia de Saint-Andoche, também te recordarás que te pedi, na pedreira, permissão para te abraçar e o fiz de todo o coração, como se tu não tivesses a reputação de ser feia e detestável. Era tudo o que tinha a te dizer, Fadette. Diz agora se isso significa alguma coisa para ti e se te irrita, em vez de te persuadir.

A pequena Fadette tinha escondido o rosto com as duas mãos e não respondeu. Landry acreditava, pelo que ouvira de sua conversa com

Madelon, que era amado por ela, e deve-se dizer que esse amor tinha produzido tal efeito nele que havia determinado imediatamente o seu. Mas, vendo a atitude envergonhada e triste dessa pequena, ele começou a temer que ela tivesse contado uma história a Madelon, a fim de, com boa intenção, conseguir a reconciliação que negociava. Isso fez com que ficasse mais apaixonado ainda e teve pena dela. Tirou-lhe as mãos do rosto e a viu tão pálida que lhe parecia que ia morrer; e como ele a recriminasse vivamente por não corresponder à paixão que por ela sentia, ela caiu no chão, juntando as mãos e suspirando, pois estava sufocada e caía desfalecida.

24

Landry ficou com muito medo e bateu nas mãos dela para fazê-la voltar a si. Suas mãos estavam frias como gelo e rijas como madeira. Esfregou-as e as aqueceu durante longo tempo nas suas e quando ela conseguiu recuperar a fala, disse:

— Acho que estás brincando comigo, Landry. Há coisas, no entanto, com as quais não se deve brincar. Peço-te, pois, que me deixes em paz e nunca mais fales comigo, a menos que tenhas alguma coisa a me pedir, caso em que estarei sempre a teu dispor.

— Fadette, Fadette — exclamou Landry —, o que acabas de dizer não é coisa que convenha. Tu é que te divertiste às minhas custas. Tu me detestas e, no entanto, me deste a crer outra coisa.

— Eu! — disse ela, aflita. — Então o que foi que te dei a crer? Eu te ofereci e te dei uma boa amizade como a que teu irmão gêmeo tem para contigo, e talvez até melhor; pois eu não tinha ciúmes e, em vez de me atravessar em teus amores, te prestei um bom serviço.

— É verdade — disse Landry. — Tens sido bondosa como o bom Deus, e sou eu que estou errado ao te recriminar. Perdoa-me, Fanchon, e deixa-me te amar como puder. Não será, talvez, tão tranquilamente como amo meu irmão gêmeo ou minha irmã Nanette, mas prometo não tentar mais te abraçar, se isso te causa repugnância.

E reconsiderando tudo, Landry imaginou que, de fato, a pequena Fadette não tinha por ele senão uma amizade bem serena e, como não era vaidoso nem fanfarrão, sentiu-se tão temeroso e tão pouco à vontade junto dela como se não tivesse ouvido com os próprios ouvidos o que ela havia dito sobre ele à bela Madelon.

Quanto à pequena Fadette, era bastante esperta para finalmente saber que Landry estava realmente apaixonado como um louco, e foi por esse excessivo prazer que havia desmaiado. Mas temia perder rápido demais uma felicidade tão repentinamente advinda; por causa desse temor, queria dar tempo a Landry para ansiar vivamente por seu amor.

Ele ficou junto dela até a noite, pois, embora não ousasse mais lhe dirigir galanteios, estava tão apaixonado por ela e tinha tanto prazer em vê-la e ouvi-la falar, que não conseguia decidir-se em deixá-la um momento sequer. Brincou com o *gafanhoto*, que nunca estava longe da irmã e que logo se juntou a eles. Mostrou-se bondoso para com ele e logo percebeu que esse pobre menino, tão maltratado por todos, não era tolo nem mau com quem o tratava bem. E assim, depois de uma hora, ele estava tão bem contido e tão grato que tomava as mãos do gêmeo e o chamava de "meu Landry", como chamava sua irmã de "minha Fanchon"; e Landry ficou compadecido e enternecido, achando todos, e ele próprio, culpados no passado em relação às duas pobres crianças de tia Fadet, que precisavam, para ser as melhores de todas, apenas ser amadas um pouco como as outras.

No dia seguinte e nos subsequentes, Landry conseguiu ver a pequena Fadette, ora à noite, e então podia conversar um pouco com ela, ora durante o dia, encontrando-a nos campos. E embora ela não pudesse deter-se por muito tempo, não querendo e não sabendo faltar com seu dever, ele ficava contente por poder lhe dizer quatro ou cinco palavras de todo o coração e por tê-la contemplado atentamente. E ela continuava a ser graciosa em seu modo de falar, em seu vestuário e em suas maneiras para com todos; isso fez com que todos o notassem e logo mudassem de tom e de atitude para com ela. Como não fazia mais nada que fosse impróprio, deixaram de insultá-la, e como ela não se sentia mais injuriada, não cedeu mais à tentação de insultar nem de aborrecer ninguém.

Mas como a opinião das pessoas não muda tão rapidamente quanto nossas resoluções, deveria ainda decorrer algum tempo antes que passassem do desprezo à estima e da aversão ao querer bem. Mais adiante se verá como essa mudança ocorreu; por ora, é fácil imaginar que ninguém deu muita atenção à nova conduta da pequena Fadette. Quatro ou cinco bons velhos e boas velhas, daqueles que observam os jovens crescer, com indulgência, e que são, em determinado lugar, como que os pais e as mães de todos, conversavam às vezes entre si, debaixo das nogueiras de Cosse, olhando para todo esse pequeno mundo de jovens fervilhando em torno deles, alguns brincando de variadas maneiras, outros dançando.

E os velhos comentavam:

— Este vai ser um belo soldado se continuar, pois tem um belo corpo para conseguir ser dispensado; aquele ficará esperto e hábil como o pai; esse outro terá a sensatez e a tranquilidade da mãe; e essa jovem Lucette promete ser uma boa criada de fazenda; essa gorducha Louise vai agradar a mais de um, e quanto a essa pequena Marion, deixem-na crescer ainda, para que chegue à idade da razão como as outras.

E quando chegava a vez da pequena Fadette ser examinada e julgada, diziam:

— Aí está ela que vai embora bem depressa, sem querer cantar nem dançar. Desde a festa de Saint-Andoche, ninguém mais a vê por aí. Não é de duvidar que tenha ficado extremamente chocada por causa dos meninos que lhe tiraram a touca enquanto dançava. Por isso trocou de toucado e agora parece que não é mais feia que qualquer outra.

— Não notaram como a pele dela ficou mais branca, de uns tempos para cá? — disse certa vez a senhora Couturier. — Tinha o rosto que parecia um ovo de codorna, tão cheio estava de sardas. A última vez que a vi de perto, fiquei surpresa ao vê-la tão branca, e mesmo tão pálida, que lhe perguntei se não tinha estado com febre. Vendo-a como está agora, dir-se-ia que poderá se restabelecer e quem sabe? Houve algumas feias que acabaram ficando bonitas ao atingir os dezessete ou dezoito anos.

— E depois chega a razão — disse o senhor Naubin — e uma jovem que faz bom uso da razão aprende a tornar-se elegante e agradável. Já é hora de o *grilinho* perceber que não é um rapaz. Meu Deus, todos pensavam que ela acabaria se dando tão mal que se transformaria em vergonha para o lugar. Mas ela se alinhará e se corrigirá como as outras. Haverá de se dar conta, sem dúvida, de que deverá fazer-se perdoar por ter tido uma mãe tão lastimável e veremos que ela não vai dar que falar.

— Deus queira — disse a senhora Courtillet —, porque é coisa feia para uma menina ter modos de cavalo xucro. Mas também espero que não seja assim com essa Fadette, porque a encontrei anteontem e, em vez de se meter atrás de mim, como sempre fazia, para imitar minha maneira de claudicar, me cumprimentou e me perguntou, com muita gentileza, se eu estava bem de saúde.

— Essa pequena de quem falam é mais doida do que má — disse o senhor Henri. — Não tem mau coração, é o que lhes digo; a prova é que ficou muitas vezes com meus netos nos campos, por pura bondade, quando minha filha estava doente; e cuidou deles muito bem, tanto que as crianças não queriam mais separar-se dela.

— Será verdade o que me contaram — continuou a senhora Couturier — que um dos filhos gêmeos do senhor Barbeau estava namorando com ela na última festa de Saint-Andoche?

— Ora essa! — interveio o senhor Naubin. — Isso não é coisa que deva ser levada a sério. Era uma diversão de crianças, e os Barbeau não são tolos, os filhos e muito menos os pais, estão ouvindo?

Assim conversavam familiarmente sobre a pequena Fadette e, na maioria das vezes, nem pensavam nela, porque quase não a viam mais.

25

Mas quem a via com frequência e por ela demonstrava especial atenção era Landry Barbeau. Ficava como que enraivecido consigo mesmo quando não conseguia falar com ela à vontade; mas assim que se encontrava por um momento com ela, ficava tranquilo e contente, porque ela o reconduzia à razão e o consolava em tudo. Fazia com ele um joguinho, que era talvez marcado por um pouco de gracioso namorisco; pelo menos ele às vezes pensava assim; mas como o motivo da atitude dela era a honestidade, e como não queria o amor dele, a menos que ele tivesse pensado e remoído a coisa em seu espírito, Landry não tinha razão para se sentir ofendido. Ela não conseguia suspeitar de que ele quisesse enganá-la com relação à força desse amor, porque era uma espécie de amor que não se vê com frequência entre os jovens do campo, que amam com mais paciência do que aqueles das cidades. E Landry era realmente um jovem mais paciente do que outros; jamais se poderia supor que se deixasse queimar tanto na fogueira, e quem o tivesse sabido (porque ele o escondia muito bem) teria ficado extremamente admirado. Mas a pequena Fadette, vendo que ele se entregara a ela de maneira tão completa e repentina, tinha medo de que fosse fogo de palha, ou ainda que ela própria pegasse fogo pelo lado mau, e a coisa fosse mais longe, entre eles, do que a honestidade permite a duas crianças que ainda não estão na idade de se casar, pelo menos no dizer dos pais e da prudência, pois o amor dificilmente espera e, uma vez que entrou no sangue de dois jovens, é milagre se esperar pela aprovação de outrem.

Mas a pequena Fadette, que tinha sido, em sua aparência, por mais longo tempo criança do que outra jovem, possuía em seu íntimo uma razão e uma vontade bem superior à sua idade. Para que isso assim fosse, era preciso que ela tivesse um espírito de uma força notável, pois seu coração era tão ardente, e mais ainda talvez do que o coração e o sangue de Landry. Ela o amava como uma louca, mas se comportava com grande sabedoria; porque, se de dia, de noite, a qualquer hora de seu tempo, pensava nele e morria de impaciência de vê-lo e de vontade de acariciá-lo, assim que o via assumia um ar tranquilo, falava-lhe apelando para a razão, fingia até mesmo não conhecer ainda o fogo do amor e não permitia que ele lhe apertasse a mão acima do pulso.

E Landry que, nos lugares retirados, onde eles muitas vezes ficavam juntos, e mesmo quando a noite era bem escura, teria podido se esquecer até não mais se submeter a ela, tão enfeitiçado estava; temia tanto, contudo, desagradá-la e se mostrava tão pouco convicto de ser amado por verdadeiro amor, que passava o tempo com ela tão inocentemente como se ela fosse sua irmã, e como se ele fosse Jeanet, o pequeno *gafanhoto*.

Para distraí-lo da ideia que ela não queria encorajar, ensinava-lhe todas as coisas que sabia e nas quais sua inteligência e seu talento natural haviam superado os ensinamentos da avó. Não queria esconder nada de Landry e como ele sempre tinha um pouco de medo da feitiçaria, ela tomou todo o cuidado para dar-lhe a entender que o diabo não entrava de jeito nenhum nos segredos de seu saber.

— Ora, Landry — disse-lhe ela um dia —, nem deves pensar na intervenção do espírito maligno. Só há um espírito e é bom, pois é o de Deus. Lúcifer é invenção do padre vigário e *Georgeon*[20] é invenção das velhas comadres do campo. Quando eu era bem pequena, acreditava nisso e tinha medo dos malefícios de minha avó. Mas ela ria de mim, porque se tem razão ao dizer que, se alguém duvida de tudo, é aquele que faz os outros acreditarem em tudo; ninguém acredita menos em satanás do que os feiticeiros que fingem invocá-lo para qualquer finalidade. Sabem muito bem que nunca o viram e que nunca receberam dele qualquer assistência. Aqueles que foram tão simplórios para acreditar nele e para chamá-lo nunca conseguiram fazê-lo aparecer, como prova o moleiro de Passe-aux-Chiens que, como minha avó me contou, ia nas encruzilhadas com um grande pedaço de pau chamar o diabo e dar-lhe, dizia ele, uma boa bordoada. Ouviam-no gritar, à noite: "Vens ou não, cara de lobo? Vens ou não, cão raivoso? Vens ou não, *Georgeon* do diabo?" E *Georgeon* nunca apareceu. Tanto que esse moleiro quase enlouqueceu de vaidade, dizendo que o diabo tinha medo dele.

— Mas — dizia Landry — isso de dizer que não acreditas que o diabo existe, não é coisa muito cristã, minha pequena Fanchon.

— Não posso discutir sobre isso — respondeu ela —, mas se ele existe, tenho certeza absoluta de que não tem poder algum para vir à Terra abusar de nós e pedir nossa alma, tirando-a das mãos do bom Deus. Não teria tanta insolência e, como a Terra pertence a Deus, só Deus pode governar as coisas e os homens que nela estão.

E Landry, recobrando-se de seu medo louco, não podia deixar de admirar como, em todas as suas ideias e em todas as suas orações, a pequena Fadette era uma boa cristã. Tinha até mesmo uma devoção mais bonita do que a de qualquer outra pessoa. Amava a Deus com todo o ardor de seu coração, pois em todas as coisas tinha a cabeça ativa e um coração terno. E quando falava desse amor a Landry, ele se sentia totalmente surpreso por ter aprendido a fazer orações e a seguir práticas que jamais havia pensado compreender e nas quais se comportava respeitosamente pensando em cumprir com seu dever, sem que seu coração, no entanto, ardesse tanto em amor por seu Criador, como o da pequena Fadette.

---

(20) Designativo do demônio, do capeta, em certas regiões interioranas da França, refletindo aspectos do folclore local (N.T.).

26

Conversando e caminhando com ela, ele aprendeu as propriedades das ervas e todas as receitas para curar pessoas e animais. Logo experimentou o efeito dessas receitas numa vaca pertencente ao senhor Caillaud. O animal tinha ficado com a barriga inchada por ter comido forragem verde em demasia. Como o veterinário tivesse abandonado o tratamento dessa vaca, dizendo que não duraria mais uma hora, Landry a fez engolir uma beberagem que a pequena Fadette lhe havia ensinado a preparar. Fez isso em segredo e, pela manhã, quando os lavradores, contrariados pela perda de uma vaca tão bela, vinham buscá-la para jogá-la num fosso, encontraram-na de pé e começando a farejar a ração, com olhar vivo e quase totalmente desinchada.

    Outra vez, um potro foi mordido por uma víbora e Landry, seguindo sempre os ensinamentos da pequena Fadette, o salvou prontamente. Por fim, pôde experimentar também o remédio contra a raiva num cachorro em Priche, que foi curado e não chegou a morder ninguém. Como Landry escondia da melhor maneira possível sua estreita relação com a pequena Fadette, não se gabou de seus conhecimentos e todos atribuíram a cura de seus animais aos cuidados especiais que lhes havia dispensado. Mas o senhor Caillaud, que também entendia do assunto, como todo bom fazendeiro ou meeiro deve saber, ficou surpreso e disse:

    — O senhor Barbeau não tem esse talento de curar os animais e até anda sem sorte, pois perdeu muitos no ano passado, e não foi a primeira vez. Mas Landry tem a mão abençoada e é uma coisa com a qual se vem ao mundo. Ou se tem ou não se tem; e mesmo que alguém fosse estudar nas escolas como os "artistas", de nada adiantaria se não tivesse esse dom, de nascença. Ora, digo que Landry tem essa habilidade e que suas ideias o fazem encontrar o que convém. É um grande dom da natureza que ele recebeu e isso vale muito mais do que capital para bem administrar uma fazenda.

O que o senhor Caillaud dizia não era de um homem crédulo e sem razão; enganava-se apenas em atribuir a Landry um dom da natureza. Landry não tinha outro senão o de ser cuidadoso e saber aplicar as receitas que havia aprendido. Mas o dom da natureza não é uma fábula, porquanto a pequena Fadette o possuía, e com tão poucas lições razoáveis que a avó lhe havia dado, descobria e adivinhava, como quem inventa, as virtudes que o bom Deus colocou em certas ervas e em certas maneiras de usá-las. Nem por isso era uma feiticeira e tinha razão em se defender contra isso; mas tinha o espírito que observa, que faz comparações, anotações, testes e isso é um dom da natureza, não há como negar. O senhor Caillaud levava a coisa um pouco mais longe. Pensava que tal criador de gado ou tal agricultor tem a mão mais ou menos boa e que, só em virtude de sua presença no estábulo, faz bem ou mal aos animais. E, no entanto, como sempre há um pouco de verdade nas crenças mais falsas, devemos concordar que os bons cuidados, a limpeza, o trabalho feito com consciência têm sua virtude para remediar o que a negligência ou a tolice só fazem piorar.

Como Landry sempre pensava nessas coisas e sentia gosto por elas, a amizade que tinha por Fadette cresceu, com todo o reconhecimento que lhe devia por seus ensinamentos e com toda a estima que nutria pelo talento dessa jovem. Ficou então muito grato a ela por tê-lo forçado a se distrair de seu amor com as caminhadas e conversas que tinha com ela, além de reconhecer também que ela tinha se interessado mais pelo que era útil a seu namorado do que pelo prazer de se deixar cortejar e lisonjear incessantemente, como ele, a princípio, teria desejado.

Landry logo ficou tão apaixonado que sufocou totalmente a vergonha de deixar transparecer seu amor por uma jovem considerada feia, má e malcriada. Se tomava alguma precaução, era por causa de seu irmão gêmeo, cujo ciúme ele conhecia e que já tivera de fazer um grande esforço para aceitar sem despeito o namoro de Landry com Madelon, namoro bem passageiro e tranquilo em comparação com o que sentia agora por Fanchon Fadet.

Mas se Landry estava animado demais em seu amor para tentar refreá-lo com certa prudência, em contrapartida, a pequena Fadette, que tinha um espírito inclinado ao mistério e que, além disso, não queria expor Landry às implicâncias das pessoas, a pequena Fadette que, afinal, o amava demais para consentir em causar-lhe aborrecimentos na família, exigiu dele tão grande segredo que passaram cerca de um ano antes que a coisa fosse descoberta. Landry havia acostumado Sylvinet a não vigiar mais todos os seus passos e seus atos, e a região, pouco povoada e toda cortada por ravinas e coberta de árvores, é muito propícia aos amores secretos.

Sylvinet, vendo que Landry não se importava mais com Madelon, embora de início tivesse aceitado essa partilha de sua amizade como um mal necessário, que se tornava mais suave pelo acanhamento de Landry e pela prudência da garota, ficou muito contente ao supor que Landry não tinha pressa em retirar-lhe seu afeto para dá-lo a uma mulher; e como não sentisse mais ciúmes, deixou o irmão mais livre em suas ocupações e em suas saídas, nos dias de festa e de repouso. Não faltavam pretextos a Landry para ir e vir e, especialmente nas noites de domingo, saía cedo da Bessonnière e só voltava para Priche em torno da meia-noite; o que lhe era muito cômodo, porque tinha conseguido instalar uma caminha no *capharnion*. Talvez haja quem me critique o uso dessa palavra, porque o mestre-escola fica zangado e quer que se diga *capharnaum*; mas, se ele conhece a palavra, não conhece a coisa, pois fui obrigada a lhe explicar que é o lugar do celeiro, perto dos estábulos, onde são guardados os jugos, as correntes, as ferragens e objetos de todo tipo que são usados nos animais e nos instrumentos para trabalhar a terra. Dessa maneira, Landry podia voltar para casa à hora que quisesse, sem acordar ninguém, e tinha sempre a folga do domingo, que se prolongava até segunda-feira de manhã. Isso porque o senhor Caillaud e seu filho mais velho, ambos homens muito tranquilos, nunca iam às tabernas nem frequentavam locais de diversão nos feriados.

Costumavam tomar a seu encargo todos os cuidados e a vigilância da fazenda nesses dias, a fim de que, diziam eles, todos os jovens da casa, que trabalhavam mais do que eles durante a semana, pudessem folgar e se divertir em liberdade, segundo a prescrição do bom Deus.

 E durante o inverno, quando as noites são tão frias que dificilmente se poderia ficar namorando ao ar livre, havia para Landry e a pequena Fadette um bom refúgio na torre de Jacot, que é um antigo pombal de aluguel, abandonado pelos pombos havia muitos anos, mas bem coberto e bem fechado, e que é uma dependência da fazenda do senhor Caillaud, que seservia dele para guardar o excedente de suas colheitas. Como Landry tinha a chave e a construção está situada nos limites das terras de Priche, não muito longe do vau das Roulettes, e no meio de uma plantação de alfafa bem cercada, o diabo teria sido muito astuto, se tivesse ido ali para surpreender as conversas dos dois jovens namorados. Quando fazia tempo bom, caminhavam entre as podas, troncos de árvores novas de corte, que cobrem toda a região. Esses locais são bons refúgios para os ladrões e para os namorados e, como não há ladrões em nossa região, os namorados se aproveitam deles, livres do medo e de eventuais aborrecimentos.

27

Mas como não há segredo que sempre dure, eis que num belo dia de domingo, Sylvinet, passando ao longo do muro do cemitério, ouviu a voz do irmão gêmeo que falava a dois passos dele, por trás da curva que o muro fazia. Landry falava bem baixinho; mas Sylvinet conhecia tão bem seu timbre de voz, que o teria adivinhado, mesmo que não o ouvisse direito.

— Por que não queres vir dançar? — dizia ele a uma pessoa que Sylvinet não via. — Faz tanto tempo que ninguém te vê ficar depois da missa, que ninguém acharia ruim que dançasses contigo, uma vez que quase todos julgam que eu não te conheço. Ninguém diria que é por amor, mas por gentileza, e também porque estou curioso em saber se, depois de tanto tempo, tu sabes ainda dançar tão bem.

— Não, Landry, não — respondeu uma voz que Sylvinet não reconheceu, porque fazia muito tempo que não a ouvia, visto que a pequena Fadette se havia mantido afastada de todos e dele em particular.— Não — dizia ela —, não é bom que prestem atenção em mim, será melhor assim. Se eu dançar contigo uma vez, haverias de querer repetir isso todos os domingos e não faltaria mais nada para aumentar os mexericos. Acredite no que sempre lhe tenho dito, Landry, que no dia em que souberem que tu me amas será o começo de nossos problemas. Deixa-me ir, e quando tiveres passado parte do dia com tua família e teu irmão gêmeo, virás para me encontrar no local combinado.

— Mas é triste não poder dançar nunca! — disse Landry. — Gostavas tanto de dançar, querida, e dançavas tão bem! Que prazer seria para mim te segurar pela mão, fazer-te girar em meus braços e te ver, tão leve e tão graciosa, dançando somente comigo!

— É justamente isso que não se deveria fazer — retorquiu ela. — Mas vejo muito bem que te desinteressas pela dança, meu bom Landry, e não sei por que desististe de dançar. Vai dançar um pouco! Ficarei feliz em pensar que estás te divertindo e vou esperar por ti com mais paciência.

— Oh! Tu tens paciência até demais! — disse Landry, com uma voz que deixava transparecer impaciência. — Mas eu preferia que me cortassem as pernas a dançar com moças de que não gosto e que não abraçaria por dinheiro nenhum.

— Pois bem! Se eu dançasse — continuou Fadette —, teria de dançar com outros e deixar que me abraçassem.

— Vai para casa, vai para casa depressa — disse Landry. — Eu não quero que te abracem.

Sylvinet não ouviu mais nada, além de passos que se afastavam e, para não ser surpreendido escutando, pelo irmão, que vinha na direção dele, entrou rapidamente no cemitério e o deixou passar.

Essa descoberta foi como uma facada no coração de Sylvinet. Não procurou descobrir quem era a garota que Landry amava tão apaixonadamente. Era-lhe suficiente saber que havia uma pessoa por quem Landry o abandonava, pessoa que dominava todos os pensamentos dele a ponto de escondê-los de seu irmão gêmeo, que, por sua vez, não recebia a menor confidência a respeito.

"Deve desconfiar de mim", pensou ele, "e essa moça que ele tanto ama vai levá-lo a me temer e a me detestar. Já não me surpreendo ao ver que ele está sempre tão entediado em casa e tão inquieto quando quero passear com ele. Eu renunciava à sua companhia, pensando que ele gostava de ficar sozinho; mas doravante vou evitar, a qualquer custo, perturbá-lo. Não vou lhe dizer nada; ficaria indignado comigo por ter descoberto aquilo que ele não quis me confiar. Sofrerei sozinho, enquanto ele ficará mais que feliz por ter se livrado de mim."

Sylvinet fez como se havia prometido e levou essa decisão até mais longe que o necessário, pois não somente procurava não manter mais o irmão perto dele, mas também, para não o incomodar, era o primeiro a sair de casa e ia curtir sozinho seus devaneios no quintal, preferindo não andar pelos campos. "Porque", pensava ele, "se viesse a me encontrar com Landry nos campos, ele haveria de imaginar que o estou espionando e me daria a entender que o aborreço."

E, aos poucos, o velho abatimento, do qual se havia quase curado, voltou tão pesado e tão persistente que não demorou muito para que transparecesse em seu rosto. A mãe o repreendeu meigamente, mas como ele tinha vergonha, aos dezoito anos, de ter as mesmas fraquezas de espírito que tinha aos quinze, jamais quis confessar o que o atormentava.

Foi o que o salvou da doença, porque o bom Deus só abandona aqueles que se abandonam a si mesmos, e aqueles que têm a coragem de abafar sua dor são mais fortes contra ela do que aqueles que só sabem se queixar. O pobre gêmeo habituou-se a ficar triste e pálido; tinha, de vez em quando, um ou dois ataques de febre e, ao mesmo tempo em que foi ganhando altura, permaneceu bastante delicado e magro.

Não era muito esforçado no trabalho, e não era culpa sua, pois sabia que o trabalho lhe fazia bem; já era suficiente aborrecer o pai por sua tristeza, e não queria deixá-lo zangado e prejudicá-lo por sua indolência. Então se punha a trabalhar e trabalhava com raiva de si mesmo. Por isso, muitas vezes, se esforçava mais do que suas forças permitiam e, no dia seguinte, estava tão cansado que não podia fazer mais nada.

— Nunca será um bom trabalhador — dizia o senhor Barbeau —, mas faz o que pode e, quando pode, não se poupa. É por isso que não quero colocá-lo a serviço de outros; pois, com o receio que tem de recriminações e por causa da pouca força que Deus lhe deu, ele se mataria bem depressa e eu ficaria com remorsos pelo resto de minha vida.

A senhora Barbeau apreciava essas razões e fazia todo o possível para alegrar Sylvinet. Consultou vários médicos com relação à saúde do filho. Alguns lhe disseram que deveria poupá-lo muito e só lhe dar leite para beber, porque estava fraco; outros diziam que era preciso fazê-lo trabalhar muito e dar-lhe um bom vinho, porque, sendo fraco, era necessário fortificá-lo. E a senhora Barbeau não sabia qual seguir, o que sempre acontece quando se procura várias opiniões.

Felizmente, na dúvida, ela não seguiu nenhum deles. E Sylvinet foi percorrendo o caminho que o bom Deus lhe havia traçado, sem nele encontrar nada que o fizesse pender para a direita ou para a esquerda, e foi arrastando seu pequeno mal, sem se sentir abatido demais, até o momento em que o caso de amor de Landry se tornou conhecido de todos e Sylvinet viu então seu abatimento aumentar, por causa de todos os aborrecimentos que esse fato causou ao irmão.

28

Foi Madelon que descobriu o segredo; e, se ela o fez sem malícia, ainda assim de nada lhe adiantou. Ela já se havia conformado com o afastamento de Landry; como o namoro com ele não havia durado muito tempo, pouco lhe custou para esquecê-lo. Mas tinha ficado em seu coração um pouco de rancor, que só esperava a ocasião para se manifestar, tanto é verdade que o despeito nas mulheres dura mais que o pesar.

Eis como tudo aconteceu. A bela Madelon, que era famosa por seus ares recatados e por seus modos altivos para com os rapazes, no fundo era, contudo, vistosamente namoradeira e, em suas amizades, não era nem sequer metade razoável e fiel como o era o pobre *grilinho*, de quem tão mal tinham falado e tão maus auspícios lhe faziam. Ora, Madelon já tivera dois namorados, sem contar Landry, e ela se declarava a um terceiro, que era seu primo, filho mais novo do senhor Caillaud, de Priche. Ela se declarou tão incisivamente que, ainda vigiada pelo último, a quem havia dado certa esperança, e temendo que ele fizesse escândalo, não sabendo onde se esconder para conversar à vontade com o novo, deixou-se persuadir por este a ir conversar no pombal, onde Landry tinha honestos encontros com a pequena Fadette.

O filho mais novo do senhor Caillaud havia procurado demoradamente a chave desse pombal e não a tinha encontrado, porque estava sempre no bolso de Landry; e não se atreveu a pedi-la a ninguém, porque não tinha bons motivos para explicar o pedido, tanto mais que ninguém, exceto Landry, se importava com o paradeiro dessa chave. Benjamim Caillaud, pensando que estivesse perdida ou que o pai a mantinha em seu molho de chaves, não hesitou em arrombar a porta. Mas, no dia em que o fez, Landry e Fadette estavam lá, e os quatro namorados ficaram muito embaraçados, ao se descobrirem uns aos outros. Foi o que os levou a comprometer-se a ficar calados e a não propalar o fato.

Mas Madelon teve como que uma recaída de ciúmes e de raiva, ao ver Landry, que se tornara um dos rapazes mais bonitos da região e dos mais estimados, manter, desde a festa de Saint-Andoche, essa bela lealdade à pequena Fadette, e tomou a resolução de se vingar. Para isso, sem nada confidenciar a Benjamim Caillaud, que era um rapaz honesto e não se prestaria a isso, pediu a ajuda de duas jovens amigas que, um pouco contrariadas também com o desprezo que Landry parecia ter para com elas, pois nunca as tirava para dançar, começaram a vigiar tão de perto a pequena Fadette que não levaram muito tempo para se certificar da amizade dela com Landry. E logo depois que elas os espiaram e os viram juntos uma ou duas vezes, fizeram grande alarde em toda a região, dizendo a quem quisesse ouvir (e Deus sabe se a maledicência carece de ouvidos para ouvir e de línguas para se fazer repetir) que Landry tinha caído num mau relacionamento, na pessoa da pequena Fadette.

Então todas as moças se interessaram pelo caso, porque, se um rapaz de boa aparência e de razoáveis bens se envolve com uma pessoa, é como que uma injúria a todas as outras, e se acaso se puder atacar essa pessoa, não se perde oportunidade de fazê-lo. Pode-se dizer também que, quando uma maldade é explorada pelas mulheres, ela caminha depressa e vai longe.

Por isso, quinze dias depois da aventura da torre de Jacot, sem que se tratasse da torre nem de Madelon, que tivera muito cuidado para não se colocar à frente e que até fingiu ser novidade o que ela fora a primeira a revelar em surdina, todos sabiam, pequenos e grandes, velhas e jovens, do amor de Landry, o gêmeo, por Fanchon, o *grilinho*.

E o boato chegou aos ouvidos da senhora Barbeau, que ficou muito aflita e não quis falar a respeito com o marido. Mas o senhor Barbeau ficou sabendo por outra fonte e Sylvain, que havia guardado bem discretamente o segredo do irmão, ficou triste ao ver que todos o sabiam.

Ora, uma noite em que Landry pensava em deixar a Bessonnière mais cedo, como costumava fazer, o pai lhe disse, na presença da mãe, da irmã mais velha e do irmão gêmeo:

— Não te apresses tanto em nos deixar, Landry, pois preciso falar contigo, mas espero que teu padrinho esteja aqui, porque é perante os membros da família que mais se interessam por teu destino que quero te pedir uma explicação.

E quando o padrinho, que era o tio Landriche, chegou, o senhor Barbeau falou da seguinte maneira:

— O que tenho a dizer vai te causar um pouco de vergonha, meu Landry; por isso não é sem um pouco de vergonha de minha parte e sem muito pesar, que me vejo obrigado a te expor perante tua família. Mas espero que essa vergonha te seja salutar e te cure de uma fantasia que poderia te prejudicar. Parece que travaste conhecimento com alguém, no dia da última festa de Saint-Andoche, há cerca de um ano. Falaram-me disso logo no primeiro dia, porque era uma coisa incomum ver-te dançar um dia inteiro de festa com a moça mais feia, mais mal arrumada e mais mal afamada de nossa região. Não quis dar muita atenção a isso, pensando que tivesses feito uma brincadeira; eu não aprovava precisamente a coisa, porque, se não se deve frequentar as pessoas más, não se deve também aumentar-lhes a humilhação e a infelicidade que têm de ser detestáveis para todos. Tinha deixado de falar contigo a respeito, pensando, ao te ver triste no dia seguinte, que estavas te recriminando a ti mesmo e que não irias mais voltar a fazê-lo. Mas faz quase uma semana que ouço falar de bem outra coisa; e embora isso venha de pessoas dignas de fé, não quero lhes dar crédito, a menos que tu mesmo o confirmes. Se fiz mal ao suspeitar de ti, deverás imputá-lo somente ao interesse que tenho por ti e ao dever que tenho de zelar por tua conduta. Se a coisa for uma falsidade, terei grande prazer se me deres tua palavra, comprovando-me que foste injustiçado no que acabei de falar.

— Pai — disse Landry —, queira ter a bondade de me dizer do que me acusa e lhe responderei de acordo com a verdade e com o respeito que lhe devo.

— Acusam-te, Landry, creio ter dado suficientemente a entender, de manter um relacionamento desonesto com a neta de tia Fadet, que é uma mulher bastante má; sem contar que a própria mãe dessa infeliz menina deixou vergonhosamente o marido, os filhos e sua terra para seguir os soldados. Acusam-te de passear por todos os cantos com a pequena Fadette, o que me faria temer ver-te envolvido por ela numa paixão descabida, de que poderias te arrepender pelo resto da vida. Compreendes, finalmente?

— Compreendo muito bem, caro pai — respondeu Landry. — Permita-me ainda uma pergunta antes de lhe responder. É por causa de sua família ou apenas por causa dela própria, que considera Fanchon Fadette como um mau relacionamento para mim?

— É sem dúvida por causa de ambas — replicou o senhor Barbeau, com um pouco mais de severidade do que no começo, pois esperava ver Landry bem embaraçado e o via tranquilo e como que resolvido a tudo. — Em primeiro lugar, um mau parentesco é uma mancha desagradável e uma família estimada e honrada como a minha nunca iria querer contrair aliança com a família Fadet. Em seguida, a própria pequena Fadet não inspira estima e confiança a ninguém. Nós a vimos crescer e todos sabemos o que ela vale. Já ouvi dizer, e admito por tê-la visto duas ou três vezes, que há um ano ela se comporta melhor, não anda mais com os meninos e não fala mal de ninguém. Vês que não quero me afastar do que é justo, mas isso não me basta para acreditar que uma criança que foi educada tão mal possa algum dia ser uma esposa honesta e, conhecendo a avó como a conheci, tenho todos os motivos para recear que haja em tudo isso uma intriga para te arrancar promessas e para te causar vergonha e constrangimento. Disseram-me até que a pequena estava grávida, em que não quero crer levianamente, mas que me magoaria muito, porque a coisa te seria atribuída e recriminada, e poderia terminar em processo e em escândalo.

Landry que, desde a primeira palavra, decidira ser prudente e se explicar com delicadeza, perdeu a paciência. Ficou vermelho como fogo e, levantando-se, disse:

— Pai, aqueles que lhe disseram isso mentiram como cães. Insultaram de tal maneira Fanchon Fadet que, se eu os tivesse aqui em frente, eles teriam que se desdizer ou se bater comigo, até que um de nós ficasse por terra. Diga-lhes que são uns covardes e pagãos e que venham, portanto, dizer em minha cara o que lhe insinuaram como traidores, e veremos no que vai dar!

— Não te zangues assim, Landry — disse Sylvinet, abatido de tristeza. — O pai não te acusa de ter feito mal a essa moça, mas teme que ela se tenha posto em situação difícil com outros, e que ela queira fazer crer, caminhando dia e noite contigo, que cabe a ti uma reparação.

29

A voz do irmão amenizou um pouco o descontrole de Landry; mas as palavras que proferia não poderiam passar sem que ele as ressaltasse.

— Meu irmão — disse ele —, tu não entendes nada de tudo isso. Sempre tiveste prevenção contra a pequena Fadette e tu não a conheces. Pouco me importa o que possam dizer de mim; mas não vou tolerar o que dizem contra ela e quero que meu pai e minha mãe saibam de mim, para se tranquilizar, que não há na Terra duas jovens tão honestas, tão sensatas, tão boas, tão desinteressadas quanto essa moça. Se ela tem a infelicidade de ter maus parentes, tanto maior é o mérito que tem por ser o que ela é e jamais teria acreditado que almas cristãs pudessem lhe recriminar a infelicidade de seu nascimento.

— Parece que pretendes me recriminar também, Landry — disse o senhor Barbeau, levantando-se para lhe mostrar que não toleraria que a coisa fosse mais longe entre eles. — Vejo, por teu despeito, que tens por essa Fadette uma queda maior do que eu desejaria. Visto que não tens nem vergonha nem pesar, não vamos mais falar disso. Vou tratar do que devo fazer para te prevenir de um desatino da juventude. A essa hora, deves voltar para a casa de teus patrões.

— Vocês não vão se separar dessa maneira — disse Sylvinet, segurando o irmão, que começava a se afastar. — Pai, aqui está Landry, que lamenta tanto tê-lo desagradado que não consegue dizer nada.

Perdoe-o e abrace-o, pois ele vai chorar a noite toda e seria punido demais pelo descontentamento que o senhor sente.

Sylvinet chorava, a senhora Barbeau também chorava, bem como a irmã mais velha e o tio Landriche. Só o senhor Barbeau e Landry estavam com os olhos secos; mas tinham o coração pesado e os demais fizeram com que os dois se abraçassem. O pai não exigiu nenhuma promessa, sabendo muito bem que, nos casos de amor, essas promessas são aleatórias, e não pretendia comprometer sua autoridade; mas deu a entender a Landry que a questão não estava resolvida e que retornaria a ela. Landry foi embora furioso e desolado. Sylvinet bem que teria gostado de segui-lo; mas não se atreveu, porque suspeitava de que ele ia desabafar suas mágoas com Fadette. E foi deitar-se tão triste que, a noite toda, só fez suspirar e sonhar com infortúnios na família.

Landry foi bater à porta da pequena Fadette. Tia Fadet tinha ficado tão surda que, uma vez adormecida, nada a acordava. Já fazia algum tempo que Landry, depois de descoberto, só conseguia falar com Fanchon à noite, no quarto onde dormiam a velha e o pequeno Jeanet; mesmo ali, ele se arriscava muito, porque a velha feiticeira não o suportava e o teria feito correr a vassouradas, em vez de recebê-lo com gentis cumprimentos. Landry contou sua mágoa à pequena Fadette e a achou extremamente submissa e corajosa. De início, ela tentou persuadi-lo de que faria bem, em seu próprio interesse, em retomar sua amizade e não pensar mais nela. Mas quando viu que ele se afligia e se revoltava cada vez mais, aconselhou-lhe a obediência, deixando o tempo passar e dando-lhe esperanças para o futuro.

— Escuta, Landry — disse ela —, desde sempre tinha previsto o que está nos acontecendo agora e pensei muitas vezes sobre o que faríamos, caso acontecesse. Teu pai não está errado e eu não estou contra ele, porque é pela grande amizade que tem por ti que ele teme ver-te apaixonado por uma pessoa tão indigna como eu. Perdoo-lhe, portanto, um pouco de orgulho e de injustiça em relação a mim, pois não podemos negar que minha primeira juventude foi uma verdadeira loucura, e tu mesmo me recriminaste por isso no dia em que começaste a me amar. Se, de um ano para cá, corrigi meus defeitos, não é tempo suficiente para que tenha confiança em mim, como ele próprio te disse hoje. É preciso, portanto, que mais tempo passe e, aos poucos, as prevenções que tinham contra mim irão desaparecer, as horríveis mentiras, que ora contam, cairão por si. Teu pai e tua mãe verão que sou sensata e que não quero te corromper nem te arrancar dinheiro. Farão justiça à honestidade de minha amizade e poderemos nos ver e conversar sem nos esconder de ninguém; mas, enquanto isso, deves obedecer a teu pai que, tenho certeza, vai te proibir que te encontres comigo.

— Nunca vou ter essa coragem — disse Landry. — Prefiro me jogar no rio.

— Pois bem! Se não a tiveres, eu a terei por ti — disse a pequena Fadette. — Eu é que irei embora. Vou deixar essa região por algum tempo. Há dois meses que me oferecem um bom emprego na cidade. Aqui está minha avó, tão surda e tão velha que quase não se ocupa mais em preparar e vender suas drogas e que já não pode mais dar consultas. Ela tem uma parenta muito boa, que se oferece para vir morar com ela e que vai cuidar muito bem dela, assim como de meu pobre *gafanhoto*...

A pequena Fadette ficou com a voz embargada por um momento, diante da ideia de deixar essa criança, que era, com Landry, o que ela mais amava no mundo; mas recobrou a coragem e continuou:

— Agora ele é bem crescido para poder prescindir de mim. Vai fazer a primeira comunhão e a distração de ir ao catecismo com as outras crianças vai lhe suavizar a mágoa de me ver partir. Deves ter observado que ele se tornou bastante sensato e que os outros meninos quase não o irritam mais. Enfim, podes ver, Landry, que é preciso. Preciso ser um pouco esquecida, pois, nesse momento, há muito ciúme e grande raiva contra mim, em toda a região. Depois de passar um ou dois anos longe daqui e regressar com boas referências e boa reputação, que poderei adquirir mais facilmente em outro lugar do que aqui, não nos atormentarão mais e seremos mais amigos do que nunca.

Landry não quis dar ouvidos a essa proposta. Ficou mais desesperado ainda e voltou para Priche num estado que daria pena ao coração mais empedernido.

Dois dias depois, enquanto levava as dornas para a vindima, o filho mais novo do senhor Caillaud lhe disse:

— Vejo, Landry, que estás zangado e não falas comigo há algum tempo. Acreditas, sem dúvida, que fui eu quem difundiu teu relacionamento amoroso com a pequena Fadette e lamento que possas acreditar em tamanha mesquinhez de minha parte. Por isso, tão verdade como Deus está no céu, nunca disse uma palavra a respeito e fiquei até mesmo magoado por terem te causado esses aborrecimentos, pois sempre tive grande consideração por ti e jamais insultei a pequena Fadette. Posso até dizer que tenho apreço por essa menina desde o que aconteceu conosco no pombal; ela também poderia ter aberto a boca para falar a meu respeito, mas ninguém ficou sabendo de nada, tão discreta ela foi. Ela podia, no entanto, ter falado disso, mesmo que fosse somente para se vingar de Madelon, que ela bem sabe que é a autora de todos esses mexericos; mas não o fez e vejo, Landry, que não se deve confiar nas aparências e na reputação. Fadette, que passava por má, foi boa; Madelon, que passava por boa, foi bem traidora, não somente para com Fadette e para contigo, mas também para comigo que, por enquanto, tenho muito que reclamar da fidelidade dela.

Landry aceitou de todo o coração as explicações do filho mais novo do senhor Caillaud e este fez o possível para consolá-lo de sua mágoa.

— Causaram-te muitos aborrecimentos, meu pobre Landry — disse ele, concluindo —, mas deves te consolar com a boa conduta da pequena Fadette. Convém mesmo, para ela, ir embora daqui, para pôr um fim ao tormento de tua família e acabo de lhe dizer isso, ao me despedir dela, de passagem.

— O que é que estás me dizendo, rapaz? — exclamou Landry. — Ela está indo embora? Já partiu?

— Não sabias? — perguntou o rapaz. — Pensava que era coisa combinada entre vocês dois e que não a acompanhavas para não ser criticado. Mas ela está indo, com certeza. Passou diante de nossa casa há pouco mais de um quarto de hora e carregava um pequeno embrulho embaixo do braço. Estava indo para Château-Meillant e, a essa hora, não deve estar mais longe do que Vieille-Ville ou então na encosta de Urmont.

Landry deixou o aguilhão apoiado na frente dos bois, saiu correndo e só parou quando alcançou a pequena Fadette, no caminho de areia que desce dos parreirais de Urmont para Fremelaine.

Ali, exausto de mágoa e por causa da desenfreada corrida, caiu atravessado no meio do caminho, sem poder falar, mas dando-lhe a saber, por sinais, de que teria que passar por sobre seu corpo antes de deixá-lo.

Quando se recuperou um pouco, Fadette lhe disse:

— Eu queria te poupar esse sofrimento, meu caro Landry, e agora te pões a fazer tudo o que podes para me tirar a coragem. Sê homem, pois, e não me impeças de ter coragem. Preciso dela mais do que pensas, e quando lembro que meu pobre Jeanet está me procurando e me chama, a essa hora, sinto-me tão fraca que, por um nada, seria capaz de quebrar minha cabeça nessas pedras. Ah! por favor, Landry, ajuda-me em vez de me desviar do caminho de meu dever, porque, se eu não for hoje, nunca mais irei e estaremos perdidos.

— Fanchon, Fanchon, não precisas de muita coragem — replicou Landry. — Só tens pena de uma criança que logo se consolará, porque é uma criança. Não te importas com meu desespero. Não sabes o que é o amor. Não o tens por mim e bem depressa vais te esquecer de mim, o que fará com que nunca mais voltes, talvez.

— Voltarei, Landry. Juro por Deus que voltarei dentro de um ano, talvez, dentro de dois, o mais tardar, e que me esquecerei tão pouco de ti que nunca terei outro amigo ou outro namorado senão tu.

— Outro amigo, é possível, Fanchon, porque nunca haverás de encontrar alguém que te seja tão submisso como eu; mas outros namorados, não sei. Quem pode me dizer?

— Sou eu que o digo!

— Tu não sabes de nada, Fadette. Nunca me amaste, e quando o amor te invadir, não te lembrarás mais de teu pobre Landry. Ah! Se tivesses me amado da maneira como te amo, não me abandonarias assim.

— Achas, Landry? — disse a pequena Fadette, olhando-o com ar triste e muito sério.— Talvez não saibas o que estás dizendo. De minha parte, acredito que o amor exigiria de mim ainda mais do que a amizade me obriga a fazer.

— Pois bem, se fosse o amor que exige isso de ti, eu não teria tanta mágoa. Oh! sim, Fanchon, se fosse o amor, chego quase a acreditar que seria feliz em meu infortúnio. Teria confiança em tua palavra e esperança no futuro. Teria a coragem que tu tens, verdade!... Mas não é amor, já me disseste isso mais de uma vez, e eu o vi em tua grande tranquilidade a meu lado.

— Então acreditas que não é amor — retrucou a pequena Fadette. — Tens certeza?

E continuando a olhar para ele, seus olhos se encheram de lágrimas que deslizaram por suas faces, enquanto ela sorria de uma maneira bem estranha.

— Ah! meu Deus! meu bom Deus! — exclamou Landry, tomando-a nos braços.— Se eu pudesse ter me enganado!

— De minha parte, creio que realmente te enganaste — respondeu a pequena Fadette, ainda sorrindo e chorando. — Acredito que, desde a idade de treze anos, o pobre *grilinho* observou Landry e nunca mais se interessou por outro. Acredito que, sempre que o seguia pelos campos e pelos caminhos, dizendo tolices e impertinências para obrigá-lo a se interessar por ela, ainda não sabia o que estava fazendo, nem o que a impelia para ele. Acredito que, no dia em que se pôs a procurar Sylvinet, sabendo que Landry estava em apuros, e que o encontrou à beira do rio, todo pensativo, com um cordeirinho no colo, ela brincou um pouco de feiticeira com Landry, a fim de que ele se sentisse obrigado a mostrar-se agradecido. Acredito realmente que, ao lhe dirigir injúrias no vau das Roulettes, era porque estava com raiva e com mágoa por ele nunca mais ter falado com ela depois disso. Acredito que, quando ela quis dançar com ele, era porque estava louca por ele e que esperava agradá-lo com seu belo jeito de dançar. Acredito que, no momento em que ela chorava na pedreira de Chaumois, era pelo arrependimento e pelo pesar de ter-lhe desagradado. Também acredito que, quando ele queria abraçá-la e ela se recusou, quando ele lhe falava de amor e ela respondia com palavras de amizade, era pelo medo que ela tinha de perder esse amor, ao contentá-lo depressa demais. Enfim, acredito que, se ela vai embora com o coração dilacerado, é pela esperança que tem de voltar digna dele no conceito de todos e poder ser sua esposa, sem desolar e sem humilhar a família dele.

Dessa vez, Landry achou que iria ficar completamente louco. Ria, gritava e chorava; beijava as mãos de Fanchon, o vestido e teria beijado seus pés, se ela consentisse; mas ela o soergueu e lhe deu um verdadeiro beijo de amor que, por pouco, não o levou a desfalecer, pois era o primeiro que recebia dela ou de qualquer outra; e no momento em que ele caía como que desmaiado à beira do caminho, ela tomou seu embrulho, totalmente vermelha e confusa, e partiu correndo, proibindo-lhe que a seguisse e jurando que voltaria.

30

Landry submeteu-se e voltou à vindima, mais que surpreso por não se sentir infeliz como teria esperado, tão grande é a doçura de se saber amado e tão grande é a fé quando se ama verdadeiramente. Estava tão abismado e tão feliz que não pôde deixar de falar sobre o assunto ao filho mais novo do senhor Caillaud, que também se surpreendeu e admirou a pequena Fadette por ter sabido se defender tão bem de toda fraqueza e de toda imprudência, desde quando amava Landry e era amada por ele.

    — Fico contente em ver — disse-lhe ele — que essa moça tem tantas qualidades, porque, de minha parte, nunca a julguei mal, e posso até mesmo dizer que, se ela tivesse me dado atenção, não teria me desagradado. Por causa dos olhos que tem, sempre me pareceu mais bonita do que feia e, de algum tempo para cá, todos poderiam ter notado que, como se quisesse agradar, ela se tornava cada dia mais agradável. Mas ela amava unicamente a ti, Landry, e se contentava em não desagradar aos outros; não procurava outra aprovação senão a tua, e digo-te que uma mulher desse tipo teria sido realmente de meu agrado. Além disso, eu a conheci tão pequena e tão criança e sempre julguei que ela tinha um grande coração. Se fôssemos pedir a um por um que dissesse, em sã consciência e em verdade, o que pensa e o que sabe a respeito dela, todos se sentiriam obrigados a testemunhar a favor; mas o mundo é feito assim e quando duas ou três pessoas implicam com outra, todas se envolvem, lhe atiram pedras, destroem-lhe a reputação sem saber bem por quê, como se isso fosse pelo prazer de destruir quem não pode se defender.

Landry sentia grande alívio ao ouvir Benjamim Caillaud falar desse modo e, a partir desse dia, estreitou intensamente a amizade com ele e se consolou um pouco de seus aborrecimentos, confidenciando-os a ele. E certo dia, chegou a lhe dizer:

— Não penses mais nessa Madelon, que não vale nada e que nos magoou a nós dois, meu valente Benjamim. Tens a mesma idade e não deves ter pressa em te casar. Ora, eu tenho uma irmã mais nova, Nanette, que é linda como um coração, que é bem criada, doce, carinhosa e que vai completar dezesseis anos. Vem nos visitar um pouco mais assiduamente; meu pai te estima muito e, quando conheceres bem nossa Nanette, verás que não poderás ter melhor ideia do que te tornar meu cunhado.

— Na verdade, não digo que não — respondeu Benjamim. — E se a moça não está comprometida com ninguém, irei à tua casa todos os domingos.

No dia da partida de Fanchon Fadet, Landry quis ir ver seu pai à noite, para lhe contar sobre a conduta honesta dessa moça que ele havia julgado mal e, ao mesmo tempo, para lhe dizer, com todas as reservas quanto ao futuro, de sua submissão quanto ao presente. Sentiu um aperto no coração ao passar diante da casa de tia Fadet; mas armou-se de grande coragem, dizendo a si mesmo que, sem a partida de Fanchon, talvez não tivesse ficado sabendo, por muito tempo, da felicidade que era ser amado por ela. E viu a senhora Fanchette, que era parenta e madrinha de Fanchon, e tinha vindo para cuidar da velha e do pequeno em seu lugar. Estava sentada diante da porta, com o *gafanhoto* no colo. O pobre Jeanet chorava e não queria ir para a cama, porque sua Fanchon não tinha voltado ainda, dizia ele, e cabia a ela fazê-lo rezar as orações e colocá-lo na cama. A senhora Fanchette o reconfortava da melhor maneira que podia e Landry ouviu com prazer que ela falava com o pequeno com grande delicadeza e amizade. Mas logo que o *gafanhoto* viu Landry passar, escapou das mãos de Fanchette, com o risco de ali deixar uma de suas patas, e correu para se jogar nas pernas do gêmeo, abraçando-o, questionando-o e implorando para que lhe trouxesse de volta sua Fanchon. Landry o tomou nos braços e, chorando, consolou-o como pôde. Quis lhe dar um cacho de uvas finas, que trazia num cestinho, que a senhora Caillaud mandava para a senhora Barbeau; mas Jeanet, que geralmente era muito guloso, não quis nada, a não ser que Landry lhe prometesse que iria buscar sua Fanchon; e Landry teve de prometer suspirando, caso contrário, ele não haveria de obedecer a Fanchette.

O senhor Barbeau não esperava de modo algum a grande resolução da pequena Fadette. Ficou contente; mas sentiu como que certo pesar pelo que ela havia feito, tão justo homem era e de bom coração.

— Estou chateado, Landry — disse ele — porque não tiveste a coragem de deixar de sair com ela. Se tivesses agido de acordo com teu dever, não terias sido a causa de sua partida. Deus queira que essa menina não venha a sofrer em sua nova condição e que sua ausência não prejudique a avó e o irmãozinho dela; pois, se há muitas pessoas que falam mal dela, há também algumas que a defendem e que me garantiram que ela era muito boa e muito prestativa para a sua família. Se o que me disseram, que ela está grávida, for uma mentira, nós o saberemos e a defenderemos adequadamente; se, infelizmente, for verdade, e que tu sejas o culpado, Landry, nós a ajudaremos e não a deixaremos cair na miséria. Que nunca venhas a te casar com ela, Landry, é tudo o que exijo de ti.

— Pai — disse Landry —, o senhor e eu julgamos a coisa de um modo diferente. Se eu fosse culpado do que o senhor pensa, lhe pediria, ao contrário, permissão para me casar com ela. Mas como a pequena Fadette é tão inocente quanto minha irmã Nanette, não lhe peço nada ainda, a não ser que me perdoe pelo pesar que lhe causei. Falaremos dela mais tarde, como o senhor me prometeu.

Foi necessário que o senhor Barbeau se submetesse a essa condição para não insistir mais. Era um homem muito prudente para precipitar as coisas e devia se considerar satisfeito com o que havia conseguido.

A partir desse momento, não se falou mais da pequena Fadette na Bessonnière. Evitaram até mesmo citar o nome dela, pois Landry ficava vermelho e, logo em seguida, pálido, quando o nome dela escapava da boca de alguém, na presença dele. Era bem fácil ver que ele não a havia esquecido.

31

De início, Sylvinet teve uma espécie de contentamento ao saber da partida de Fadette e imaginou que dali em diante seu irmão gêmeo amaria somente a ele e não o abandonaria por mais ninguém. Mas não foi assim. Sylvinet era de fato o que Landry mais amava no mundo depois da pequena Fadette; mas não podia se comprazer por muito tempo com sua companhia, porque Sylvinet não quis renunciar à sua aversão por Fanchon. Logo que Landry tentava falar-lhe dela e cooptá-lo para seu lado, Sylvinet se afligia, recriminando-o por se obstinar numa ideia tão repugnante para seus pais e tão penosa para ele próprio. Desde então, Landry não falou mais a respeito com ele; mas, como não podia viver sem falar nisso, dividia seu tempo entre o Benjamim Caillaud e o pequeno Jeanet, que levava para passear, que mandava repetir o catecismo e que instruía e consolava da melhor maneira possível. E quando o encontravam com essa criança, se tivessem coragem, riam dele. Mas além do fato de que Landry nunca permitia que o ridicularizassem por qualquer coisa que fosse, tinha mais orgulho do que vergonha em mostrar sua amizade pelo irmão de Fanchon Fadet, e era desse modo que protestava contra os mexericos daqueles que achavam que o senhor Barbeau, em sua sabedoria, tinha acabado bem depressa com esse namoro.

Sylvinet, vendo que seu irmão não estava se voltando para ele tanto quanto teria desejado e vendo-se reduzido a ter ciúmes do pequeno

Jeanet e do jovem Caillaud; vendo, por outro lado, que sua irmã Nanette, que até então sempre o consolava e o alegrava com seus afetuosos cuidados e com carinhosas atenções, começava a se sentir muito contente na companhia desse mesmo Benjamim Caillaud, com as duas famílias aprovando abertamente essa inclinação, o pobre Sylvinet, cuja fantasia era a de possuir sozinho a amizade daqueles que amava, caiu num abatimento mortal, num langor singular, e seu espírito se contristou tão intensamente que ninguém sabia onde levá-lo para contentá-lo. Não ria mais, não tinha mais gosto por nada, mal conseguia trabalhar, tanto se consumia e se enfraquecia. Por fim, temiam por sua vida, pois a febre quase não o largava e, quando a tinha um pouco mais alta do que de costume, dizia coisas sem sentido e que eram cruéis para o coração de seus pais. Afirmava não ser amado por ninguém, ele que sempre foi cercado de afeto e mimado mais do que todos os outros membros da família. Desejava a morte, dizendo que ele não prestava para nada, mas que era um fardo para seus pais e que a maior graça que o bom Deus poderia lhes conceder seria livrá-los dele.

    Algumas vezes, o senhor Barbeau, ouvindo essas palavras pouco cristãs, repreendia-o severamente. Isso não trazia nada de bom. Outras vezes, o senhor Barbeau lhe implorava, chorando, que reconhecesse melhor sua amizade. Pior ainda: Sylvinet chorava, se arrependia, pedia perdão ao pai, à mãe, a seu irmão gêmeo, a toda a família; e a febre voltava mais forte, depois que tinha dado livre curso à demasiada grande ternura de seu coração doente.

    Consultaram novamente os médicos, que não aconselharam grande coisa. Viu-se, pela fisionomia deles, que julgavam que todo o mal vinha dessa condição de irmãos gêmeos, que deveria matar um ou outro, o mais fraco dos dois, evidentemente. Consultaram também a curandeira de Clavières, a mulher mais sabida do cantão depois de Sagette, que já havia morrido, e de tia Fadet, que começava a ficar totalmente caduca. Essa mulher habilidosa respondeu à senhora Barbeau:

— Só haveria uma coisa capaz de salvar seu filho: que ele amasse as mulheres.

— E justamente, ele não pode suportá-las — replicou a senhora Barbeau.— Nunca vimos um rapaz tão orgulhoso e tão recatado e, desde o momento em que seu irmão gêmeo passou a namorar, só fez falar mal de todas as garotas que conhecemos. Ele as recrimina todas, porque uma delas (e infelizmente não é a melhor) lhe tomou, como ele afirma, o coração de seu irmão gêmeo.

— Pois bem — prosseguiu a curandeira, que tinha grande conhecimento de todas as doenças do corpo e do espírito —, seu filho Sylvinet, no dia em que amar uma mulher, vai amá-la ainda mais loucamente do que ama o irmão. É o que lhe predigo. Ele tem uma superabundância de amizade em seu coração e por tê-la devotado sempre ao irmão gêmeo, esqueceu quase inteiramente seu sexo e, com isso, violou a lei do bom Deus, que quer que o homem ame uma mulher mais do que pai e mãe, mais do que irmãos e irmãs. Console-se, portanto; não é possível que a natureza não lhe fale em breve, por maior que seja seu atraso com relação a esse pendor; e a mulher que ele amar, seja pobre, feia ou má, não hesite em deixar que se case com ela, pois, ao que tudo indica, ele não amará duas em sua vida. O coração dele tem afeto demais para isso e, se é necessário um grande milagre da natureza para se separar um pouco do irmão gêmeo, seria necessário um maior ainda para que se separasse da pessoa que vier a preferir.

O conselho dessa senhora pareceu muito sensato ao senhor Barbeau, que tentou mandar Sylvinet para as casas onde havia belas e boas jovens para casar. Mas, embora Sylvinet fosse um rapaz bonito e bem-educado, seu ar indiferente e triste não alegrava o coração das moças. Elas não faziam qualquer tentativa de aproximação e ele, que era tão tímido, imaginava, de tanto temê-las, que as detestava.

O senhor Caillaud, que era grande amigo e um dos melhores conselheiros da família, deu então outra opinião:

— Eu sempre lhe falei — disse ele — que a ausência era o melhor remédio. Veja Landry! Estava perdendo a cabeça por causa da pequena Fadette e, no entanto, uma vez que a pequena Fadette foi embora, ele não perdeu nem o juízo nem a saúde; anda menos triste do que muitas vezes se mostrava, pois tínhamos observado isso e não sabíamos a causa. Agora parece totalmente razoável e conformado. Aconteceria o mesmo com Sylvinet se, por cinco ou seis meses, não visse o irmão. Vou lhe indicar o meio de separá-los com muito cuidado. Minha fazenda em

Priche vai muito bem; mas, em contrapartida, minha propriedade, que fica pelos lados de Arton, vai mal, porque há cerca de um ano que meu agregado está doente e não consegue se restabelecer. Não quero despedi-lo, porque é realmente um homem de bem. Mas se eu pudesse mandar-lhe um bom trabalhador para ajudá-lo, ele se recuperaria, visto que está doente só de cansaço, pelo demasiado empenho no trabalho. Se o senhor concordar, enviarei Landry passar o resto da estação nessa propriedade. Vamos fazê-lo partir sem dizer a Sylvinet que é por muito tempo. Diremos, pelo contrário, que é por oito dias. Passados esses, diremos que deverá ficar mais oito dias e assim sucessivamente até que ele se acostume. Siga meu conselho, em vez de se curvar sempre aos caprichos de uma criança, que vocês pouparam demais e deixaram fazer o que bem quisesse em casa.

O senhor Barbeau estava inclinado a seguir esse conselho, mas a senhora Barbeau ficou assustada. Temia que fosse o golpe mortal para Sylvinet. Foi necessário transigir com ela, que pedia que se tentasse primeiro manter Landry em casa por quinze dias, para saber se seu irmão, vendo-o a toda hora, ficaria curado. Se, ao contrário, piorasse, ela concordaria com o conselho do senhor Caillaud.

Assim foi feito. Landry veio de bom grado passar o tempo combinado na Bessonnière e o mandaram vir com o pretexto de que o pai precisava de ajuda para trilhar o resto do trigo, pois Sylvinet já não podia trabalhar. Landry se empenhou com todo o cuidado e com toda a bondade para fazer com que o irmão ficasse contente com ele. Via-o a toda hora, dormia na mesma cama, cuidava dele como se fosse uma criança. No primeiro dia, Sylvinet estava muito feliz; mas, no segundo, já achava que Landry se aborrecia com ele, e Landry não conseguia lhe tirar essa ideia da cabeça. No terceiro dia, Sylvinet ficou zangado, porque o *gafanhoto* veio ver Landry e porque Landry não teve coragem de mandá-lo embora. Enfim, depois de uma semana, foi preciso desistir do plano, pois Sylvinet estava se tornando cada vez mais injusto, exigente e ciumento até de sua própria sombra. Então pensaram em pôr em execução a ideia do senhor Caillaud; e, embora Landry não tivesse vontade de ir para Arton entre estranhos, ele que gostava tanto de seu lugar, de seu trabalho, da família e dos patrões, sujeitou-se a tudo o que lhe aconselharam fazer em benefício do irmão.

32

Dessa vez, Sylvinet quase morreu no primeiro dia; mas no segundo, ficou mais tranquilo e, no terceiro, a febre o deixou. De início, ele se resignou e, em seguida, resolveu aceitar a situação. No final da primeira semana, reconheceram que a ausência do irmão era melhor para ele do que sua presença. Ele achava, pensando bem, que o ciúme lhe dava, em segredo, um motivo para se sentir quase satisfeito com a partida de Landry. Pelo menos, dizia ele a si mesmo, para onde for, e onde não conhece ninguém, não haverá de travar logo novas amizades. Vai se aborrecer um pouco, vai pensar em mim e sentir minha falta. E quando voltar, vai me amar mais.

Já fazia três meses que Landry se havia ausentado e aproximadamente um ano que a pequena Fadette havia deixado a localidade quando voltou repentinamente, porque sua avó havia ficado paralítica. Cuidou dela com grande amor e zelo; mas a idade é a pior das doenças e, após quinze dias, tia Fadet entregou sua alma em paz. Passados três dias, depois de sepultar o corpo da pobre velha, de arrumar a casa, despir e pôr o irmão na cama, e depois de abraçar a boa madrinha que se retirara para dormir no outro quarto, a pequena Fadette estava sentada bem triste diante de sua pequena lareira, que projetava uma tênue claridade, e escutava o grilo da chaminé cantar, que parecia lhe dizer:

Grilinho, grilinho, pequeno grilo,
Toda Fadette tem seu Fadet.

A chuva caía e batia na vidraça. Fanchon pensava em seu namorado quando ouviu uma batida na porta e uma voz lhe disse:

— Fanchon Fadet, estás aí e me reconheces?

Levantou-se para ir abrir a porta e grande foi sua alegria ao ser abraçada com efusão por seu amigo Landry. Landry tinha ouvido falar da doença da avó e do retorno de Fanchon. Não pôde resistir à vontade de vê-la e veio à noite para só partir ao amanhecer. Passaram, portanto, a noite toda conversando ao lado da lareira, com toda a seriedade e bem comportados, pois a pequena Fadette lembrava a Landry que a cama onde a avó havia falecido mal havia esfriado, e que não era a hora nem o lugar para se entregar à felicidade plena. Mas, apesar de suas boas resoluções, sentiram-se muito felizes por estar juntos e ver que se amavam mais do que nunca.

Como o despontar do dia se aproximava, Landry começou a se entristecer e suplicava a Fanchon para que o escondesse no sótão, a fim de que pudesse vê-la novamente na noite seguinte. Mas, como sempre, ela o chamou à razão. Deu-lhe a entender que não estavam mais separados por muito tempo, uma vez que ela estava decidida a permanecer na localidade.

— Para isso — disse ela —, tenho razões que te darei a conhecer mais tarde e que não vão prejudicar a esperança que tenho de nosso casamento. Vai, pois, terminar o trabalho que teu patrão te confiou, pois, segundo minha madrinha me contou, é útil para a cura de teu irmão que não te veja ainda por algum tempo.

— Esse é o único motivo que pode me decidir a te deixar — replicou Landry —, porque meu pobre irmão gêmeo me causou muitos aborrecimentos e receio que vá me causar outros ainda. Tu, que és tão sábia, Fanchonnette, deverias encontrar um meio de curá-lo.

— Não sei outro, além do bom raciocínio — retrucou ela —, pois é o espírito que torna o corpo dele doente, e quem pudesse curar um, curaria o outro. Mas ele tem tanta aversão por mim que nunca vou ter a oportunidade de falar com ele e de lhe dar algum alívio.

— E, no entanto, Fadette, tu tens uma cabeça tão boa, falas tão bem, tens um dom tão peculiar de persuadir quando decides fazer o que quer que seja, que se falasses com ele uma hora apenas, ele sentiria o efeito. Tenta, eu te peço. Não te decepciones com seu orgulho e mau humor. Obriga-o a te escutar. Faz esse esforço por mim, minha Fanchon, e pelo triunfo de nosso amor também, porque a oposição de meu irmão não será o menor de nossos empecilhos.

Fanchon prometeu, e eles se separaram depois de repetir um ao outro mais de duzentas vezes que se amavam e que se amariam para sempre.

33

Ninguém na região ficou sabendo que Landry tinha vindo. Se alguém o tivesse dito a Sylvinet, poderia tê-lo feito recair na doença; não teria perdoado o irmão por ter vindo ver Fadette e não a ele.

Dois dias depois, a pequena Fadette vestiu-se com esmero, pois não estava mais sem dinheiro e seu vestido de luto era de tecido fino de lã. Atravessou o povoado de Cosse e, como tinha crescido muito, aqueles que a viram passar não a reconheceram de imediato. Tinha ficado muito mais bonita, na cidade; aparecia mais bem nutrida e mais bem posta, havia tomado outra cor e um pouco mais de corpo, como convinha à sua idade; não se podia mais tomá-la por um garoto disfarçado, pois tinha uma silhueta linda e agradável de se ver. O amor e a felicidade tinham gravado também em sua fisionomia e em sua pessoa um não sei o quê que se pode perceber, mas não explicar. Enfim, não era a garota mais bonita do mundo, como Landry imaginava, mas a mais afável, a mais bem feita, a mais viçosa e talvez a mais desejável que havia na região.

Ela carregava um grande cesto no braço e entrou na Bessonnière, onde pediu para falar com o senhor Barbeau. Foi Sylvinet quem a viu primeiro, mas se voltou para o lado, tanto lhe desagradava encontrar-se com ela. Mas ela lhe perguntou onde estava seu pai com tanta serenidade, que ele foi obrigado a responder e conduzi-la ao celeiro, onde o senhor Barbeau estava ocupado em cortar um pouco de lenha. A pequena Fadette pediu então ao senhor Barbeau que a levasse a um lugar onde pudesse falar com ele em segredo. Ele fechou a porta do celeiro e disse-lhe que poderia dizer tudo o que quisesse.

A pequena Fadette não se deixou impressionar pela atitude fria do senhor Barbeau. Sentou-se sobre um fardo de palha, ele em outro, e ela assim lhe falou :

— Senhor Barbeau, embora minha falecida avó não tivesse muita simpatia pelo senhor nem o senhor por mim, não é menos verdade que eu o reconheço como o homem mais justo e mais seguro de toda a nossa região. Todos são unânimes a esse respeito e minha própria avó, embora o recriminasse por ser altivo, lhe fazia a mesma justiça. Além disso, como o senhor sabe, cultivei uma profunda amizade com seu filho Landry. Ele me falou muitas vezes do senhor, e sei por ele, muito melhor do que por qualquer outro, o que o senhor é e o que vale. É por isso que venho lhe pedir um favor, depositando toda a minha confiança no senhor.

— Fale, Fadette — replicou o senhor Barbeau. — Nunca recusei minha ajuda a ninguém e, se for algo que minha consciência não me proíba, pode confiar em mim.

— Trata-se disso — disse a pequena Fadette, erguendo o cesto e colocando-o entre as pernas do senhor Barbeau. — Minha falecida avó ganhou durante a vida, dando consultas e vendendo remédios, mais dinheiro do que se pensava. Como não gastava quase nada e não punha nada a render, ninguém podia saber o que ela guardava num velho buraco do porão, que me havia mostrado muitas vezes, dizendo-me: "Quando eu me for desta vida, é aqui que vais encontrar o que terei deixado: é um bem todo teu e propriedade tua, assim como de teu irmão; e se os privo um pouco agora, é para que tenham bem mais um dia. Mas não deixes os homens da lei tocar nisso; eles te fariam gastar tudo em taxas. Guarda-o quando for teu, esconde-o por toda a vida, para que te seja útil nos dias de tua velhice, e nunca te falte." Depois que minha pobre avó foi sepultada, obedeci, portanto, à ordem dela. Tomei a chave do porão e retirei os tijolos da parede, no local que ela havia me indicado. Encontrei ali o que lhe trago nesse cesto, senhor Barbeau, rogando-lhe que o coloque à renda como melhor entender, depois de seguir à risca as disposições da lei, que mal conheço, livrando-me de grandes despesas com impostos, que receio demais.

— Agradeço sua confiança, Fadette — disse o senhor Barbeau, sem abrir o cesto, embora estivesse um pouco curioso—, mas não tenho o direito de receber seu dinheiro nem de supervisionar seus negócios. Não sou seu tutor. Sem dúvida sua avó fez um testamento.

— Não fez testamento algum e minha tutora, por lei, é minha mãe. Ora, o senhor sabe que não tenho notícias dela há muito tempo e que não sei se está viva ou morta, coitada! Tirando ela, não tenho outro parente, a não ser minha madrinha Fanchette, que é uma mulher corajosa e honesta, mas totalmente incapaz de administrar minha pequena fortuna e mesmo de conservá-la e mantê-la sob controle. Ela não conseguiria ficar calada e iria mostrá-la a todos; e meu maior receio é que ela faça um mau investimento ou que, de tanto deixá-la manusear pelos curiosos, a faça diminuir sem perceber, pois minha pobre e querida madrinha não está em condições nem sequer de contá-la.

— Trata-se, pois, de coisa importante? — disse o senhor Barbeau, cujos olhos estavam pregados, apesar de tudo, na tampa do cesto; tomou-o pela alça para lhe sentir o peso. Achou-o tão pesado que ficou surpreso e disse:

— Se for ferro velho, não é preciso muito para carregar um cavalo.

A pequena Fadette, um espírito endiabrado, divertiu-se interiormente com a vontade que o homem tinha de verificar o que havia dentro do cesto. Ela fez menção de abri-lo; mas o senhor Barbeau pensou que lhe estaria faltando com a dignidade, deixando que ela o fizesse.

— Isso não me diz respeito — disse ele — e como não posso tomá-lo em depósito, não devo saber de seus negócios.

— Mesmo assim, senhor Barbeau — disse Fadette — gostaria que me prestasse pelo menos esse favor. Não sei muito mais que minha madrinha para conseguir contar acima de cem. Além do mais, não conheço o valor real de todas as moedas antigas e novas, e só posso confiar no senhor para me dizer se sou rica ou pobre e para saber ao certo quanto vale o que ora possuo.

— Pois então, vamos ver — disse o senhor Barbeau, que não se aguentava mais de curiosidade. — Não é um grande favor que me pede, e não devo recusá-lo.

Então a pequena Fadette ergueu agilmente as duas tampas do cesto e tirou dois grandes sacos, com um total de dois mil francos cada.

— Pois bem! Não é pouco, não — disse o senhor Barbeau. — Tem aí um pequeno dote que a levará a ser ambicionada por muitos.

— Isso não é tudo — disse a pequena Fadette. — No fundo do cesto, há ainda alguma coisa que nem sei o que é.

E tirou uma bolsa de pele de enguia, que despejou no chapéu do senhor Barbeau. Havia cem luíses[21] de ouro, de cunhagem antiga, que deixou os olhos do homem arregalados. Depois de recontá-los e repô-los na bolsa de pele de enguia, ela tirou uma segunda com o mesmo conteúdo, e depois uma terceira, e uma quarta e, finalmente, tanto em ouro quanto em prata e em moedas pequenas, havia no cesto um pouco menos de quarenta mil francos.

Era cerca de um terço a mais do que todos os bens que o senhor Barbeau possuía em construções e, como os camponeses dificilmente transformam seus bens imóveis em moeda corrente, ele nunca tinha visto tanto dinheiro de uma vez.

Por mais honesto que seja um homem e por mais desinteressado que seja um camponês, não se pode dizer que ver dinheiro lhe cause desgosto; por isso o senhor Barbeau sentiu, por um momento, suor na testa. Quando terminou de contar tudo, disse:

— Para totalizar quarenta mil francos, só faltam vinte e dois escudos, o que é o mesmo que dizer que, de sua parte, herda duas mil belas pistolas[22] em moeda corrente. Isso faz com que seja o melhor partido da região, pequena Fadette, e que seu irmão, o *gafanhoto*, pode muito bem ser franzino e manco por toda a vida, pois poderá visitar suas propriedades de carruagem. Alegre-se, pois; pode se considerar rica e fazer com que todos saibam, se quiser encontrar logo um belo marido.

— Não tenho pressa — disse a pequena Fadette — e peço-lhe, pelo contrário, que guarde segredo a respeito dessa riqueza, senhor Barbeau. Alimento a fantasia, feia como sou, de não ser desposada por meu dinheiro, mas por meu bom coração e por minha boa reputação; e como gozo de má fama nessa região, desejo passar algum tempo aqui para que percebam que não a mereço.

— Quanto à sua feiura, Fadette — disse o senhor Barbeau, erguendo os olhos, que ainda não tinham deixado de contemplar a cesta —, posso lhe dizer, em sã consciência, que inoportunamente relembrou e que na cidade se refez tão bem que pode passar agora por uma jovem muito simpática. E quanto à sua má fama, se, como prefiro acreditar, não a merece, aprovo sua ideia de aguardar um pouco e esconder sua riqueza, pois não falta gente que se deslumbraria com ela, a ponto de querer se casar com a senhorita, sem ter de antemão a estima que uma mulher deve desejar de seu marido. Agora, quanto ao depósito que pretende fazer em minhas mãos, isso seria contra a lei e poderia me expor mais tarde a suspeitas e incriminações, porque não faltam más línguas. Além disso, supondo que tenha o direito de dispor do que é seu, não tem o direito de manipular levianamente o que é de seu irmão menor. Tudo o que poderei fazer, em seu favor, será pedir uma consulta em seu lugar, sem citar seu nome. Então a deixarei a par de como colocar em segurança e a bons juros a herança de sua mãe e a sua, sem passar pelas mãos dos homens que tratam dos meandros das leis, que nem todos são muito confiáveis. Leve embora tudo isso, portanto, e esconda-o novamente até que eu lhe dê a resposta. Ofereço-me, na ocasião, para testemunhar perante os mandatários de seu coerdeiro, a respeito da soma que contamos e que vou escrever num canto de meu celeiro para não a esquecer.

Era tudo o que a pequena Fadette queria, que o senhor Barbeau soubesse como agir nessa questão. Se ela se sentia um pouco orgulhosa, diante dele, de ser rica, era porque ele não poderia mais acusá-la de querer explorar Landry.

---

(21) Moeda de ouro que passou a ser cunhada a partir de 1640, sob o reinado de Luís XIII, e por isso foi denominada *luís* (N.T.).
(22) Pistola: antiga moeda de ouro francesa de considerável valor (N.T).

34

O senhor Barbeau, vendo-a tão prudente e compreendendo como era esperta, teve menos pressa em mandar fazer o depósito e o investimento do dinheiro do que indagar sobre a reputação que ela adquirira em Château-Meillant, onde passara o ano. Porque, se esse belo dote o tentava e o fazia não dar importância ao mau parentesco, não era o mesmo quando se tratava da honra da moça que ele desejava ter como nora. Foi ele próprio, portanto, a Château-Meillant e levantou conscienciosamente suas informações. Disseram-lhe que não somente a pequena Fadette não chegou ali grávida e não tivera filho algum, mas também que ela se havia comportado tão bem que não havia a menor queixa contra ela. Tinha estado a serviço de uma velha religiosa nobre que, de tão satisfeita com ela, a considerava mais como companheira do que como criada doméstica, em virtude de sua boa conduta, boas maneiras e boa disposição. Lamentava muito a partida da moça, dizendo que era uma cristã perfeita, corajosa, econômica, limpa, cuidadosa e de caráter tão amável que nunca mais encontraria outra igual. E como essa velha senhora era muito rica, fazia muita caridade, e nisso a pequena Fadette a ajudava maravilhosamente, tratando dos doentes, preparando remédios e tomando conhecimento de vários belos segredos que sua patroa aprendera no convento antes da revolução.

    O senhor Barbeau ficou muito satisfeito e voltou a Cosse, decidido a esclarecer tudo até o fim. Reuniu a família e instruiu seus filhos mais velhos, seus irmãos e todos os seus parentes, a proceder cautelosamente numa investigação sobre a conduta que a pequena Fadette tinha tido desde a idade da razão, a fim de que, se todo o mal que tinham dito dela tinha, como única causa, infantilidades, não havia por que dar-lhe importância; em vez disso, se alguém pudesse afirmar tê-la visto cometendo más ações ou fazendo coisa indecente, ele teria de manter contra ela a proibição que havia dado a Landry de frequentá-la. A indagação foi feita com a prudência que ele desejava e sem que a questão do dote fosse divulgada, pois ele nada dissera a respeito, nem mesmo à sua mulher.

Durante esse tempo, a pequena Fadette vivia muito retirada em sua casinha, onde não quis mudar nada, a não ser mantê-la tão limpa que a gente podia se espelhar em seus pobres móveis. Mandou fazer roupas decentes para seu pequeno *gafanhoto* e, sem deixar transparecer, começou a dar-lhe, assim como a si mesma e à madrinha, uma boa alimentação, que bem depressa produziu seu efeito no pequeno. Ele se refez da melhor maneira possível e sua saúde logo ficou tão boa quanto se poderia desejar. A felicidade também alterou rapidamente seu temperamento; e como não fosse mais ameaçado e repreendido pela avó, como só se deparasse com carícias, palavras gentis e bons tratos, tornou-se um rapazinho muito querido, cheio de pequenas ideias engraçadas e amáveis, e não procurava mais desagradar a ninguém, apesar de continuar mancando e de seu narizinho chato.

Por outro lado, houve uma mudança tão grande na pessoa e nos hábitos de Fanchon Fadet, que as palavras inconvenientes foram esquecidas, e que mais de um rapaz, ao vê-la caminhar tão leve e com tanta graça, teria desejado que estivesse no fim de seu período de luto, para poder cortejá-la e convidá-la a dançar.

Só Sylvinet Barbeau não quis voltar atrás em sua opinião. Via que andavam tramando alguma coisa em favor dela na família, pois o pai não conseguia se conter e falava dela com frequência. E se recebia a retratação de alguma velha mentira que era contada a respeito de Fanchon, ficava muito contente e, no interesse de Landry, dizia que não podia suportar que se acusasse seu filho de ter feito mal a uma jovem inocente.

Falavam também do próximo retorno de Landry, e o senhor Barbeau parecia desejar que isso fosse do agrado do senhor Caillaud. Enfim, Sylvinet via claramente que ninguém se oporia tenazmente como antes ao namoro de Landry, e seus dissabores voltaram. A opinião, que gira ao sabor do vento, era agora, e há pouco tempo, a favor de Fadette. Ninguém acreditava que fosse rica, mas agora ela agradava e por isso desagradava ainda mais a Sylvinet, que a via como rival de seu amor por Landry.

De tempos em tempos, o senhor Barbeau deixava escapar, na presença dele, a palavra casamento e dizia que seus filhos gêmeos não tardariam a estar na idade de pensar nisso. O casamento de Landry sempre tinha sido uma ideia desoladora para Sylvinet e como se fosse a derradeira palavra de sua separação. A febre reapareceu e a mãe voltou a consultar os médicos.

Um dia, ela encontrou a madrinha Fanchette que, ouvindo-a lamentar-se em sua inquietude, perguntou-lhe por que ia consultar tão longe e gastar tanto dinheiro, quando tinha ao alcance das mãos uma curandeira mais hábil que todas as da região e que não queria exercer a profissão por dinheiro, como sua avó havia feito, mas unicamente por amor a Deus e ao próximo. E citou o nome da pequena Fadette.

A senhora Barbeau falou disso ao marido, que não se opôs. Disse-lhe que, em Château-Meillant, Fadette tinha fama de grande conhecimento e que, de todos os lados, vinham consultá-la, assim como o fazia sua patroa.

A senhora Barbeau pediu então a Fadette para que fosse ver Sylvinet, que estava de cama, e lhe desse assistência.

Mais de uma vez, Fanchon tinha procurado a ocasião propícia para falar com ele, como havia prometido a Landry, mas o rapaz sempre se esquivava. Dessa vez, não se fez de rogada e correu para ver o pobre gêmeo. Encontrou-o dormindo, com febre, e pediu à família para que a deixasse a sós com ele. Como é costume das curandeiras agir em segredo, ninguém a contrariou nem permaneceu no quarto.

De início, Fadette tomou a mão do gêmeo, que pendia à beira da cama; mas o fez com tanta delicadeza que ele não percebeu, embora tivesse o sono tão leve que uma mosca voando o acordaria. A mão de

Sylvinet estava quente como fogo e ficou mais quente ainda na mão da pequena Fadette. Ele deu mostras de agitação, mas sem tentar retirar a mão. Então Fadette pôs a outra mão na testa dele com a mesma delicadeza da primeira vez, e ele se agitou ainda mais. Mas, aos poucos, se acalmou, e ela sentiu que a cabeça e a mão do enfermo esfriavam de minuto em minuto e que seu sono se tornava tão calmo como o de uma criancinha. Ficou assim com ele até que o viu pronto para acordar; então se retirou, para trás do cortinado do leito, e saiu do quarto e da casa, dizendo à senhora Barbeau:

— Vá ver seu filho e dê-lhe alguma coisa para comer, porque não está mais com febre; e, sobretudo, não lhe fale de mim, se quiser que eu o cure. Voltarei à noite, na hora que me disse que o mal dele piora e tratarei de cortar mais uma vez essa febre danosa.

35

A senhora Barbeau ficou surpresa ao ver Sylvinet sem febre e imediatamente lhe deu de comer, e ele comeu com um pouco de apetite. Como já fazia seis dias que essa febre não o largava e como não queria tomar nada, todos ficaram deveras admirados ao saber que a pequena Fadette, sem acordá-lo, sem lhe dar nada de beber e pela única virtude de suas conjurações, como pensavam, já o havia colocado em tão bom estado.

À noite, a febre recomeçou e muito forte. Sylvinet adormecia, delirava e, quando despertava, ficava com medo das pessoas que o cercavam.

Fadette voltou e, como pela manhã, ficou sozinha com ele quase uma hora, sem fazer outra mágica senão segurar-lhe as mãos e a cabeça com muita delicadeza e soprar lentamente sobre rosto em fogo do rapaz.

E como pela manhã, livrou-o do delírio e da febre; e quando ela se retirou, voltando a recomendar que ninguém falasse a Sylvinet de sua assistência, encontraram-no dormindo, num sono tranquilo, sem o rosto vermelho e não parecendo mais doente.

Não sei de onde Fadette tirou essa ideia. Tinha-lhe vindo por acaso e por experiência, tratando de seu irmãozinho Jeanet, a quem ela havia, mais de dez vezes, arrancado das portas da morte, sem recorrer a outro remédio senão o de esfriá-lo com suas mãos e seu hálito, ou aquecê-lo da mesma forma quando a febre alta o deixava frio. Ela imaginava que a amizade e a vontade de uma pessoa sadia, e o toque de uma mão pura e bem viva podem afastar o mal, quando essa pessoa é dotada de certo espírito e de grande confiança na bondade de Deus. Por isso, durante o tempo todo em que ela impunha as mãos, recitava em sua alma belas orações ao bom Deus. E o que tinha feito por seu irmãozinho, o que estava fazendo agora pelo irmão de Landry, não teria tentado fazer para qualquer outra pessoa que lhe fosse menos cara e pela qual não tivesse grande interesse, porque pensava que a primeira virtude desse remédio era a forte amizade que se oferecia de coração ao doente, sem a qual Deus não lhe dava poder algum sobre a doença.

Quando a pequena Fadette encantava assim a febre de Sylvinet, dizia a Deus, em sua oração, o que lhe havia dito quando encantava a febre de seu irmãozinho: "Meu bom Deus, fazei que minha saúde passe de meu corpo para esse corpo sofredor e, como o meigo Jesus vos ofereceu a vida para redimir a alma de todos os seres humanos, se tal é vossa vontade de tirar minha vida e dá-la a este doente, tomai-a; eu a entrego de bom grado em troca da cura que vos peço."

A pequena Fadette pensara em experimentar a virtude dessa oração junto do leito de morte da avó; mas não se atreveu a fazê-lo, porque lhe parecia que a vida da alma e do corpo se extinguiam nessa senhora idosa, por efeito da idade e da lei da natureza, que é a própria vontade de Deus. E a pequena Fadette que, como se acaba de ver, colocava mais religião do que sortilégios em seus encantamentos, teria receado desagradar a Deus, pedindo-lhe algo que ele não tinha costume de conceder sem milagre aos outros cristãos.

Que o remédio fosse inútil ou soberano em si, o certo é que, em três dias, ela livrou Sylvinet da febre, sem que ele nunca tivesse sabido como, se não tivesse acordado um pouco mais depressa da última vez que ela veio e não a tivesse visto inclinada sobre ele e retirando delicadamente as mãos.

De início, ele pensou que era uma aparição e fechou os olhos para não vê-la; mas, perguntando em seguida à mãe se Fadette o havia tocado na cabeça e no pulso, ou se era um sonho que tivera, a senhora Barbeau, a quem o marido finalmente tocara em algo de seus projetos e que desejava ver Sylvinet superar sua aversão para com ela, respondeu que ela realmente tinha vindo, três dias seguidos, de manhã e à noite, e que ela havia cortado maravilhosamente sua febre, tratando-o em segredo.

Sylvinet parecia não acreditar. Disse que a febre desaparecera por si e que as palavras e segredos de Fadette não passavam de coisas vãs e loucura. Ficou tranquilo e passou bem durante alguns dias e o senhor Barbeau julgou dever aproveitar a ocasião para lhe dizer algo sobre a possibilidade do casamento do irmão, sem contudo citar o nome da pessoa que tinha em vista.

— Não precisa me ocultar o nome da futura que o senhor lhe destina — replicou Sylvinet. — Sei muito bem que é essa Fadette que os enfeitiçou a todos.

Com efeito, a investigação secreta do senhor Barbeau havia sido tão favorável à pequena Fadette que ele não hesitava mais e desejava muito poder chamar de volta Landry. Tudo o que temia era o ciúme do irmão gêmeo e se esforçava por curá-lo desse transtorno, dizendo-lhe que o irmão nunca seria feliz sem a pequena Fadette. Ao que Sylvinet respondia:

— Então que assim se faça, porque é preciso que meu irmão seja feliz.

Mas não ousavam ainda, porque Sylvinet recaía na febre logo que parecia se inclinar a concordar com a decisão.

36

O senhor Barbeau, no entanto, tinha medo de que a pequena Fadette guardasse algum ressentimento contra ele por causa de suas injustiças passadas e que, conformando-se com a ausência de Landry, estivesse pensando em outro rapaz. Quando tinha ido à Bessonnière para tratar Sylvinet, ele havia tentado conversar com ela sobre Landry; mas ela tinha fingido não ouvir, e ele se sentia mais que constrangido.

Finalmente, certa manhã, ele se decidiu e foi à procura da pequena Fadette.

— Fanchon Fadet — disse-lhe ele —, venho para lhe fazer uma pergunta, à qual peço que me responda com toda a franqueza. Antes do falecimento de sua avó, tinha alguma ideia dos vultosos bens que ela iria lhe deixar?

— Sim, senhor Barbeau — respondeu a pequena Fadette. — Tinha alguma ideia, porque eu a tinha visto muitas vezes contando ouro e prata e nunca tinha visto sair da casa senão moedas de centavos, e também porque ela me dizia com frequência, quando as outras jovens zombavam de meus vestidos esfarrapados: "Não te preocupes com isso, pequena. Serás mais rica do que todas elas e chegará o dia em que poderás te vestir de seda dos pés à cabeça, se assim o desejares."

— E então — continuou o senhor Barbeau —, você deixou Landry saber disso? E não seria por causa de seu dinheiro que meu filho fingia estar apaixonado por você?

— Quanto a isso, senhor Barbeau — respondeu a pequena Fadette —, como sempre tive a ideia de ser amada por meus lindos olhos, que são a única coisa que jamais alguém menosprezou, não fui tão tola para chegar a dizer a Landry que meus lindos olhos estavam em bolsas de pele de enguia; e, no entanto, poderia ter lhe dito sem perigo para mim, pois Landry me amava tão honestamente e de todo o coração que nunca se importou em saber se eu era rica ou miserável.

— E depois que sua avó morreu, minha cara Fanchon — continuou o senhor Barbeau —, pode me dar sua palavra de honra de que Landry não foi informado por você, ou por qualquer outro, dessa sua fortuna?

— Dou-lhe minha palavra — respondeu Fadette. — Tão verdade como amo a Deus, o senhor é, depois de mim, a única pessoa no mundo que sabe disso.

— E quanto ao amor de Landry, acredita, Fanchon, que ele ainda o tem por você? E acaso recebeu, depois da morte de sua avó, alguma prova de que não lhe foi infiel?

— Recebi a melhor prova a respeito — respondeu ela —, pois lhe confesso que ele veio me ver três dias depois da morte de minha avó e me jurou que morreria de desgosto se eu não quisesse ser a mulher dele.

— E o que lhe respondeu, Fadette?

— Isso, senhor Barbeau, não seria obrigada a dizê-lo; mas vou fazê-lo para contentá-lo. Respondi que ainda tínhamos tempo para pensar em casamento e que eu não me decidiria de bom grado por um rapaz que me namorasse contra a vontade de seus pais.

E como a pequena Fadette dizia isso num tom bastante altivo e desembaraçado, o senhor Barbeau ficou preocupado e disse:

— Não tenho o direito de interrogá-la, Fanchon Fadet, e não sei se você tem a intenção de fazer meu filho feliz ou infeliz por toda a vida; mas sei que ele a ama terrivelmente e, se eu estivesse em seu lugar, moça, com a ideia que tem de ser amada pelo que é, eu diria a mim mesmo:

"Landry Barbeau me amou quando eu vestia farrapos, quando todos me rejeitavam e quando seus próprios pais cometiam o erro de lhe atribuir por isso um grande pecado. Ele achou que eu era linda quando todos me negavam a esperança de me tornar bonita; ele me amou apesar dos aborrecimentos que esse amor lhe causava; ele me amou quando eu estava ausente como se estivesse presente; enfim, ele me amou tanto que eu não posso desconfiar dele e que não quero jamais ter outro por marido."

— Já faz tempo que venho dizendo isso a mim mesma, senhor Barbeau — replicou a pequena Fadette. — Mas repito, eu teria a maior repugnância de entrar numa família que se envergonhasse de mim e que só me aceitasse por fraqueza e compaixão.

— Se é só isso que a detém, decida-se, Fanchon — prosseguiu o senhor Barbeau —, porque a família de Landry a estima e a deseja. Não pense que ela mudou porque você é rica. Não era a pobreza que nos repugnava, mas as maldosas opiniões que circulavam a seu respeito. Se tivessem sido bem fundadas, jamais, nem que meu Landry morresse por isso, jamais eu teria consentido em chamá-la de minha nora; mas eu quis ter certeza a respeito de todas essas opiniões. Fui até Château-Meillant de propósito. Eu me informei sobre os mínimos detalhes naquela região e também nessa, e agora reconheço que me haviam mentido e que você é uma pessoa sensata e honesta, como Landry o afirmava com tanta veemência. Assim sendo, Fanchon Fadet, venho lhe pedir que aceite casar-se com meu filho, e se disser *sim*, ele estará aqui dentro de oito dias.

Essa declaração, que ela já havia previsto, deixou a pequena Fadette muito feliz; mas não querendo mostrá-lo com efusão, porque queria ser para sempre respeitada por sua futura família, respondeu com moderação. E então o senhor Barbeau lhe disse:

— Vejo, minha filha, que ainda tem algo em seu coração contra mim e contra os meus. Não exija que um homem de idade peça desculpas; contente-se com uma boa palavra e, quando lhe digo que será amada e estimada em minha casa, confie no senhor Barbeau, que até hoje não enganou ninguém. Então, quer dar o beijo da paz ao tutor que você mesma escolheu ou ao pai que quer adotá-la?

A pequena Fadette não conseguiu mais se controlar; jogou os dois braços em volta do pescoço do senhor Barbeau; e seu velho coração se encheu de alegria.

37

Os pactos foram logo concluídos e o casamento se realizaria assim que terminasse o período de luto de Fanchon. Agora se tratava apenas de fazer Landry regressar. Mas quando, naquela mesma noite, a senhora Barbeau veio ver Fanchon, para abraçá-la e lhe dar sua bênção, informou que, com a notícia do próximo casamento do irmão, Sylvinet adoecera novamente e por isso ela pedia que se esperasse mais alguns dias, para curá-lo ou tranquilizá-lo.

— Fez mal, senhora Barbeau — disse a pequena Fadette —, ao confirmar a Sylvinet que não havia sonhado ao me ver ao lado dele quando a febre o deixou. Agora a ideia dele vai contrariar a minha e não terei mais a mesma virtude para curá-lo, enquanto ele dorme. Pode até mesmo me repelir e minha presença pode piorar seu mal.

— Creio que não — respondeu a senhora Barbeau —, porque, há pouco, sentindo-se mal, deitou-se, dizendo: "Onde está essa Fadette? Acho que ela me aliviou. Será que não vai voltar mais?". E eu lhe disse que vinha buscá-la, e me pareceu que ficou contente e até mesmo impaciente.

— Já vou — respondeu Fadette. — Só que, dessa vez, terei de proceder de maneira diferente, porque, devo dizer-lhe, aquilo que deu certo quando ele não sabia de minha presença ao lado dele, agora não vai mais surtir efeito.

— E não vai levar nem drogas nem remédios? — perguntou a senhora Barbeau.

— Não — respondeu Fadette. — Seu corpo não está muito doente, é seu espírito que devo tratar. Vou tentar fazer que o meu entre no dele, mas não prometo que vou conseguir. O que posso lhe prometer é de esperar pacientemente o retorno de Landry e pedir para que não volte até que tenhamos feito de tudo para que seu irmão gêmeo recupere a saúde. Landry me recomendou isso com tanta veemência que sei que vai aprovar minha decisão de retardar seu retorno e seu contentamento.

Quando Sylvinet viu a pequena Fadette ao lado de sua cama, pareceu descontente e se recusou a responder como se sentia. Ela queria tomar-lhe o pulso, mas ele retirou a mão e virou o rosto para o lado. Então Fadette fez sinal para que a deixassem sozinha com ele e, logo que todos saíram, ela apagou a lamparina e deixou entrar no quarto apenas a claridade da lua, que naquele momento era cheia. Depois voltou para junto de Sylvinet e lhe disse num tom de comando, ao qual obedeceu como uma criança:

— Sylvinet, coloque as duas mãos nas minhas e responda-me com toda a sinceridade, porque não vim até aqui por dinheiro e, se me dei ao trabalho de vir tratar de você, não foi para ser mal recebida e para me sentir mal agradecida. Preste atenção, portanto, ao que vou lhe perguntar e ao que vai me responder, pois não vai conseguir me enganar.

— Pergunte-me o que julgar apropriado, Fadette — respondeu o gêmeo, totalmente estupefato ao ouvir falar tão severamente essa ridícula pequena Fadette, à qual, em tempos idos, tinha respondido tantas vezes a pedradas.

— Sylvain Barbeau — continuou ela —, parece que realmente tem vontade de morrer.

Sylvain hesitou um pouco em seu espírito, antes de responder; e como Fadette lhe apertasse a mão com um pouco mais de força, fazendo-lhe sentir sua firme vontade, ele disse, todo confuso:

— Morrer não seria o que de melhor poderia me acontecer, quando vejo claramente que sou motivo de pesar e de embaraço para minha família, por causa de minha saúde fraca e por...

— Diga tudo, Sylvain, não deve me esconder nada.

— E por causa de meu espírito inquieto, que não consigo mudar — respondeu o gêmeo, bastante acabrunhado.

— E também por causa de seu coração mau — disse Fadette, num tom tão áspero que ele ficou com raiva e mais ainda com medo.

38

— **Por que me acusa** de ter um coração mau? — perguntou ele. — Você me trata com injúrias, ao ver que não tenho forças para me defender.

— Eu lhe digo suas verdades, Sylvain — retrucou Fadette. — E vou lhe contar muitas outras. Não tenho piedade alguma de sua doença, porque sei muito bem que não é grave, e que, se há um perigo para você, é o de ficar louco, parecendo que é o que mais deseja, sem saber para onde o levam sua malícia e sua fraqueza de espírito.

— Recrimina-me a fraqueza de espírito — disse Sylvinet —; mas quanto à minha malícia, é uma recriminação que acho que não mereço.

— Não tente se defender — replicou a pequena Fadette. — Eu o conheço um pouco melhor do que você mesmo se conhece, Sylvain, e digo-lhe que a fraqueza gera a falsidade; e é por isso que é egoísta e ingrato.

— Se pensa tão mal de mim, Fanchon Fadet, é sem dúvida porque meu irmão Landry falou muito mal de mim e lhe fez ver a pouca amizade que me tinha, pois, se me conhece ou julga me conhecer, só pode ser por meio dele.

— É aqui que eu queria chegar, Sylvain. Eu sabia muito bem que não diria três palavras sem se queixar de seu irmão gêmeo e sem acusá-lo; pois a amizade que tem por ele, por ser desvirtuada e desordenada, tende a transformar-se em ressentimento e rancor. Por isso sei que você é meio louco e que não é bom. Pois bem! Eu lhe digo que Landry gosta dez mil vezes mais do que você gosta dele; a prova é que ele nunca o recrimina por qualquer coisa que você o faça sofrer, ao passo que você o recrimina por todas as coisas, quando, na verdade, ele sempre cede a seus caprichos e só pensa em servi-lo. Como pode querer que eu não veja a diferença entre os dois? Por isso, quanto mais Landry me dizia coisas boas a seu respeito, mais eu pensava mal, porque considerei que um irmão tão bom só poderia ser ignorado por uma alma injusta.

— Por isso é que me odeia, Fadette? Não me enganava a esse respeito e sabia muito bem que me tirava o amor de meu irmão, falando-lhe mal de mim.

— Eu esperava por isso também, Sylvain, e fico contente que, por fim, me responsabilize. Pois bem! Vou lhe responder que você tem um coração mau e que é filho da mentira, pois ignora e insulta uma pessoa que sempre o serviu e o defendeu em seu coração, sabendo, no entanto, que você era contra ela; uma pessoa que cem vezes se privou do maior e do único prazer que teve no mundo, o prazer de ver Landry e de ficar com ele, ao mandar Landry para junto de você e lhe dar a felicidade de que ela se privava. E, no entanto, eu nada lhe devia. Você sempre foi meu inimigo e, pelo que me lembro, nunca encontrei um menino tão duro e arrogante como você foi para comigo. Eu poderia ter desejado me vingar e a ocasião não me faltou. Se não o fiz e retribuí, sem que você o soubesse, o bem pelo mal, é porque tenho um sentimento muito profundo de que uma alma cristã deve perdoar ao próximo para agradar a Deus. Mas quando lhe falo de Deus, você, sem dúvida, mal me ouve, porque é inimigo dele e inimigo de sua própria salvação.

— Estou permitindo que diga muitas coisas, Fadette; mas esta é forte demais, pois me acusa de ser pagão.

— Não me disse há pouco que desejava a morte? E julga que essa é uma ideia cristã?

— Não disse isso, Fadette, disse que...

E Sylvinet se deteve, assustado, pensando no que havia dito e que lhe parecia ímpio, diante da advertência de Fadette.

Mas ela não o deixou tranquilo e, continuando a repreendê-lo, acrescentou:

— Pode ser — disse ela — que sua palavra tenha sido pior do que sua ideia, pois tenho para mim que você não deseja a morte tanto quanto lhe agrada fazer crer, a fim de se manter como centro das atenções de sua família, a fim de atormentar sua pobre mãe, que está desolada, e seu irmão gêmeo, que é bem ingênuo para acreditar que quer acabar com sua vida. Mas eu não sou idiota, Sylvain. Creio que você teme a morte tanto ou mais do que qualquer outro e que para você é uma brincadeira o medo que causa naqueles que lhe querem bem. Gosta de ver que as resoluções mais sensatas e necessárias sempre cedem diante da ameaça que você faz de deixar a vida; e, de fato, é muito cômodo e agradável ter de dizer apenas uma palavra para fazer com que todos, a seu redor, se dobrem. Dessa forma, você é o senhor de todos aqui. Mas como isso é contra a natureza, e você chega a isso por meios que Deus reprova, Deus o castiga, tornando-o ainda mais infeliz do que seria se obedecesse em vez de comandar. E é por isso que se aborrece com uma vida que fizeram doce demais para você. Vou dizer o que lhe faltou para ser um rapaz bom e sensato, Sylvain. Faltou ter tido pais bem rudes, muita miséria, falta de pão todos os dias e frequentes surras. Se tivesse sido educado na mesma escola que eu e meu irmão Jeanet, em vez de ser ingrato, você seria agradecido pela coisa mais insignificante. Olhe, Sylvain, não se refugie por trás de sua condição de gêmeo. Sei que já se falou demais que essa amizade de gêmeo era uma lei da natureza que o levaria à morte se fosse contrariada, e você pensou que estava obedecendo a seu destino ao levar essa amizade ao excesso; mas Deus não é tão injusto a ponto de nos atribuir um mau destino desde o ventre de nossas mães. Não é tão mau a ponto de nos dar ideias que nunca pudéssemos superar, e você o insulta, supersticioso como é, acreditando que no sangue de seu corpo há mais força e mau destino do que há resistência e razão em seu espírito. Nunca, a menos que seja louco, vou acreditar que não consiga combater seu ciúme, se quiser. Mas não o quer, porque acariciaram demais o vício de sua alma e você estima menos seu dever do que seus caprichos.

Sylvinet não respondeu nada e deixou Fadette repreendê-lo por longo tempo ainda sem lhe poupar reprovação alguma. Ele sentia que, no fundo, ela estava certa e que só lhe faltava indulgência num ponto:

é que ela parecia acreditar que ele nunca havia combatido seu mal e que se havia dado realmente conta de seu egoísmo, ao passo que tinha sido egoísta sem querer e sem saber. Isso o afligia e o humilhava muito, e ele teria desejado lhe dar uma ideia melhor de sua consciência. Quanto a ela, sabia muito bem que estava exagerando, e o fazia de propósito para atormentar-lhe o espírito antes de tratá-lo com delicadeza e consolo. Ela se forçava, portanto, para lhe falar com dureza e parecer zangada, enquanto, em seu coração, sentia tanta pena e amizade por ele, que estava cansada de seu fingimento. Ao deixá-lo, estava mais fatigada que o próprio doente.

39

A verdade é que Sylvinet não estava tão doente quanto parecia e gostava de acreditar que estivesse. A pequena Fadette, tomando-lhe o pulso, logo tinha reconhecido que a febre não era forte e que, se ele delirava um pouco, era porque seu espírito estava mais doente e mais debilitado que seu corpo. Ela julgou, portanto, que devia tomá-lo pelo espírito, incutindo-lhe grande medo dela e, logo que o dia raiou, voltou para junto dele. O rapaz quase não tinha dormido, mas estava tranquilo e como que abatido. Assim que a viu, estendeu-lhe a mão, em vez de retirá-la, como havia feito no dia anterior.

— Por que é que me oferece a mão, Sylvain? — perguntou ela. — É para que eu examine sua febre? Posso ver em seu rosto que não está com febre.

Sylvinet, envergonhado de ter que retirar a mão que ela não quis tocar, disse-lhe:

— Era para lhe dizer bom-dia, Fadette, e para lhe agradecer por todo o trabalho que tem tido comigo.

— Nesse caso, aceito seu bom-dia — disse ela, tomando-lhe a mão e mantendo-a na sua —, pois nunca rejeito um gesto honesto e não acredito que seja tão falso em mostrar interesse por mim, se não o sentisse pelo menos um pouco.

Sylvain se sentiu muito bem, embora bem acordado, por ter sua mão na de Fadette, e lhe disse num tom muito meigo:

— Você me tratou muito mal ontem à noite, Fanchon, e não sei por que não lhe quero mal por isso. Acho até que é muito amável em vir me ver, depois de tudo o que tem a me recriminar.

Fadette sentou-se ao lado da cama e falou com ele de maneira bem diferente daquela da véspera. Pôs em sua voz tanta bondade, tanta doçura e ternura, que Sylvain sentiu um alívio e um prazer imenso, pois julgara que estivesse mais zangada ainda com ele. Chorou muito, confessou todos os seus erros e até lhe pediu perdão e amizade com tanta inteligência e honestidade, que ela admitiu que ele tinha um coração melhor que a cabeça. Deixou-o desabafar, repreendendo-o ainda por vezes, e quando ela queria retirar a mão, ele a segurava, porque lhe parecia que essa mão o curava de sua doença e de seus dissabores, ao mesmo tempo.

Quando ela o viu no ponto em que o queria, disse-lhe:

— Estou indo embora e você vai se levantar, Sylvain, porque não tem mais febre e não deve ficar se espreguiçando na cama, enquanto sua mãe se cansa em servi-lo e perde tempo fazendo-lhe companhia. Depois, vai comer o que sua mãe lhe apresentar, a meu pedido. É um pouco de carne, e sei que você diz que a carne o enjoa e que só anda comendo vegetais pouco nutritivos. Não importa, você vai se forçar e, mesmo que lhe cause repugnância, não deverá demonstrá-lo. Sua mãe vai ficar contente ao vê-lo comendo coisas sólidas; além disso, uma vez vencida, a repugnância será menor da próxima vez e não vai senti-la, na terceira. Vai ver se me engano. Adeus, pois, e que não me façam voltar tão cedo por sua causa, porque sei que você não vai ficar mais doente; só mesmo se quiser.

— Então não vai voltar hoje à noite? — perguntou Sylvinet. — Achei que viesse.

— Não sou médico que trabalha por dinheiro, Sylvain, e tenho outras coisas a fazer do que cuidar de você quando não está doente.

— Tem razão, Fadette; mas a vontade de vê-la, acha que era também egoísmo, mas era outra coisa: sentia imenso alívio em conversar com você.

— Pois bem, você não é paralítico e sabe onde moro. Não ignora tampouco que vou ser sua irmã pelo casamento, como já o sou por amizade; pode, portanto, vir falar comigo, sem que haja nisso nada de repreensível.

— Visto que me permite, irei — disse Sylvinet. — Até logo, portanto, Fadette. Vou me levantar, embora esteja com uma forte dor de cabeça, por não ter dormido e por ter me sentido desolado a noite toda.

— Quero ainda lhe tirar essa dor de cabeça — disse ela —, mas lembre-se de que será a última e que lhe ordeno que durma bem essa noite.

Ela lhe pôs a mão na fronte e, depois de cinco minutos, ele se viu tão aliviado e tão revigorado que não sentia mais nenhuma dor.

— Posso ver agora — disse ele — que estava errado em recusar suas visitas, Fadette, pois você é uma ótima curandeira e sabe como enfeitiçar a doença. Todos os outros me fizeram mal com suas drogas, e você, pelo simples fato de me tocar, me cura. Penso que, se pudesse estar sempre perto de você, isso me impediria de ficar doente ou cometer erros. Mas diga-me, Fadette, não está mais zangada comigo? E quer contar com a palavra que lhe dei de me submeter inteiramente a você?

— Conto com ela — respondeu Fadette — e, a menos que você mude de ideia, vou amá-lo como se você fosse meu irmão gêmeo.

— Se você pensasse no que acaba de me dizer, Fanchon, você me trataria por tu e não por você, pois não é costume dos gêmeos falar com tanta cerimônia.

— Vamos, Sylvain, levanta-te, come, conversa, dá um passeio e dorme— disse ela, levantando-se. — Essa é minha ordem por hoje. Amanhã, irás trabalhar.

— E irei te ver — disse Sylvinet.

— Como quiseres — replicou ela.

E foi embora, olhando para ele com ar de amizade e perdão, que subitamente lhe deram a força e a vontade de deixar seu leito de miséria e de preguiça.

40

A senhora Barbeau ficou mais que maravilhada com a habilidade da pequena Fadette e, à noite, dizia ao marido:

— Veja só Sylvinet, que está se sentindo melhor do que tem passado nos últimos seis meses. Comeu tudo o que lhe foi servido hoje, sem fazer as costumeiras caretas e o que é mais impressionante é que fala da pequena Fadette como se falasse do bom Deus. Só fala bem dela e deseja ardentemente o retorno e o casamento do irmão. É um verdadeiro milagre, e não sei se estou dormindo ou acordada.

— Milagre ou não — disse o senhor Barbeau —, essa moça tem um espírito fora do comum e acho que deve dar sorte tê-la em família.

Três dias depois, Sylvinet partiu para buscar o irmão em Arton. Havia pedido ao pai e a Fadette, como grande recompensa, que pudesse ser o primeiro a lhe anunciar sua felicidade.

— Todas as felicidades me chegam ao mesmo tempo — disse Landry, como que louco de alegria, jogando-se nos braços do irmão —, uma vez que és tu que vens me buscar e que pareces tão contente quanto eu.

Voltaram juntos, sem se divertir pelo caminho, como se poderia pensar, e não havia gente mais feliz do que os moradores da Bessonnière quando todos se viram sentados em torno da mesa para jantar, com a pequena Fadette e o pequeno Jeanet no meio deles.

A vida correu bem amena para todos durante meio ano, pois a mão de Nanette foi concedida a Benjamim Caillaud, que era o melhor amigo de Landry, depois dos de sua família. E ficou decidido que os dois casamentos aconteceriam ao mesmo tempo. Sylvinet tinha uma amizade tão grande por Fadette que nada fazia sem consultá-la e ela tinha tanta influência sobre ele que parecia considerá-la sua irmã. Não estava mais doente e os ciúmes estavam fora de questão. Se às vezes ainda parecia triste e sonhador, Fadette o repreendia e ele imediatamente se tornava sorridente e comunicativo.

Os dois casamentos se realizaram no mesmo dia e durante a mesma missa e, como não faltavam recursos, celebraram tão belas bodas que o senhor Caillaud, que jamais perdera seu sangue-frio na vida, deu mostras de estar um pouco bêbado no terceiro dia. Nada estragou a alegria de Landry e de toda a família, e se poderia até dizer de toda a região, pois as duas famílias, que eram ricas, e a pequena Fadette, que era tão rica quanto os Barbeau e os Caillaud juntos, distribuíram a todos presentes e doações.

Fanchon tinha o coração bom demais para não desejar retribuir o bem pelo mal a todos aqueles que a haviam julgado mal. Da mesma forma, mais tarde, quando Landry comprou uma bela propriedade que administrava extremamente bem por seu conhecimento e pelo de sua esposa, ela mandou construir uma bela casa, a fim de acolher todas as crianças descuidadas da comuna durante quatro horas, todos os dias da semana, e ela mesma se dava ao trabalho, com seu irmão Jeanet, de educá-las, de lhes ensinar a verdadeira religião e até mesmo de assistir os mais necessitados em sua miséria. Ela se lembrava de ter sido uma criança maltrapilha e indefesa, e os belos filhos que trouxe ao mundo foram desde cedo educados a ser afáveis e compassivos com aqueles que não eram ricos nem bem cuidados.

Mas o que aconteceu com Sylvinet em meio à felicidade de toda a família? Uma coisa que ninguém pôde compreender e que deu muito que pensar ao senhor Barbeau. Cerca de um mês depois do casamento do irmão e da irmã, como seu pai o instava também a procurar uma moça com quem se casar, ele respondeu que não sentia nenhum pendor pelo casamento, mas que já fazia algum tempo que tinha um plano e agora pretendia realizá-lo, o de ser soldado e se engajar, portanto, no serviço militar.

Como os rapazes não são muito numerosos nas famílias de nossa região e a terra não tem tantos braços quanto necessita, quase nunca se vê um engajamento voluntário para o serviço militar. Por isso todos ficaram extremamente surpresos com essa resolução, para a qual Sylvinet não podia dar outro motivo, senão sua fantasia e um gosto militar que ninguém jamais havia percebido nele. Todas as razões apresentadas pelos pais, irmãos e irmãs e pelo próprio Landry não conseguiram demovê-lo, e foram obrigados a recorrer a Fanchon, que era a melhor cabeça e a melhor conselheira da família.

Ela ficou conversando com Sylvinet durante duas longas horas e quando foram vistos saindo, perceberam que Sylvinet tinha chorado e sua cunhada também; mas pareciam tão tranquilos e tão resolutos que não houve mais objeções a levantar quando Sylvinet disse que persistia, e Fanchon que aprovava sua resolução e vaticinava para ele belas conquistas com o decorrer do tempo.

Como não se podia ter certeza de que ela tivesse a respeito conhecimentos mais amplos ainda do que confessava, não se atreveram a resistir mais e a própria senhora Barbeau se rendeu, não sem derramar muitas lágrimas. Landry estava desesperado; mas sua mulher lhe disse:

— É a vontade de Deus e nosso dever comum é deixar Sylvain partir. Acredite que sei muito bem o que estou lhe dizendo e não me pergunte mais nada.

Landry acompanhou o irmão o mais longe que pôde e quando lhe devolveu a trouxa, que fizera questão de carregar aos ombros até lá, teve a impressão de que estava lhe dando seu próprio coração para levar. Voltou para encontrar sua querida esposa, que teve de cuidar dele, pois durante um mês inteiro o desgosto o deixou verdadeiramente doente.

Sylvain, por sua vez, não estava nada desgostoso e continuou seu caminho até a fronteira; porque era a época das grandes e belas guerras do imperador Napoleão. E embora nunca tivesse tido o menor gosto pela vida militar, mostrou tanta força de vontade que logo se distinguiu como bom soldado, corajoso na batalha como homem que encara qualquer risco de ser morto e, no entanto, meigo e sujeito à disciplina como uma criança, ao mesmo tempo em que era duro com seu próprio corpo, como os veteranos. Como havia recebido educação suficiente para progredir, logo foi promovido e, em dez anos de fadiga, de coragem e de boa conduta, tornou-se capitão e, ainda por cima, agraciado com a cruz.

— Ah! se ele pudesse enfim retornar! — exclamou a senhora Barbeau ao marido, na noite do dia em que haviam recebido dele uma linda carta cheia de palavras amáveis para eles, para Landry, para Fanchon e, finalmente, para todos os jovens e velhos da família. — Ei-lo quase general! Já seria mais do que tempo para ele descansar!

— O posto que conquistou é muito bonito, sem exagero — disse o senhor Barbeau. — E isso não deixa de ser uma grande honra para uma família de camponeses!

— Essa Fadette tinha previsto que a coisa aconteceria — interveio a senhora Barbeau. — Sim, é verdade, ela o havia anunciado!

— Tanto faz — disse o pai. — Nunca vou conseguir explicar para mim mesmo como seu pensamento se voltou repentinamente para essa direção e como ocorreu semelhante mudança em seu humor, ele que era tão tranquilo e tão amigo de seus pequenos confortos.

— Meu velho — disse a mãe —, nossa nora sabe mais a esse respeito do que quer falar; mas não se ilude assim uma mãe como eu, e creio realmente que sei tanto sobre isso quanto nossa Fadette.

— Já estaria mais do que na hora de dizê-lo para mim! — interrompeu-a o senhor Barbeau.

— Pois bem! — replicou a senhora Barbeau. — Nossa Fanchon é uma exímia sedutora, tanto que enfeitiçou Sylvinet mais do que ela própria teria desejado. Quando ela viu que seu encantamento agia tão fortemente, quis contê-lo ou diminuí-lo, mas não conseguiu; e nosso Sylvain, vendo que pensava demais na esposa do irmão, partiu com grande honra e grande virtude, no que Fanchon o apoiou e aprovou.

— Se é assim — disse o senhor Barbeau, coçando a orelha —, receio realmente que ele nunca se case, pois a curandeira de Clavières disse que, com o tempo, quando se apaixonasse por uma mulher, não seria mais tão louco por seu irmão; mas que ele só amaria uma única mulher em sua vida, porque seu coração era sensível e apaixonado demais.

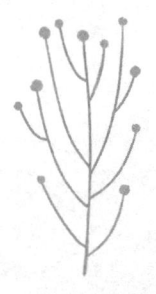

Impressão e Acabamento
Gráfica Oceano